革命の終焉

小説フランス革命18

佐藤賢一

集英社文庫

革命の終焉　小説フランス革命18　目次

地図・関連年表デザイン／今井秀之

【前巻まで】

1789年。飢えに苦しむフランスで、財政再建のため国王ルイ十六世が全国三部会を召集。聖職代表の第一身分、貴族代表の第二身分、平民代表の第三身分の議員がヴェルサイユに集うが、議会は空転。第三身分が憲法制定国民議会を立ち上げると国王政府は軍隊で威圧、平民大臣ネッケルを罷免する。激怒したパリの民衆がデムーランの演説で蜂起。王は革命と和解、議会で人権宣言も採択されるが、庶民の生活苦は変わらず、女たちが国王一家をヴェルサイユ宮殿からパリへと連れ去る。

議会もパリへ移り教会改革が始まるが、難航。王権擁護派のミラボーが病死し、国王は家族とともに亡命を企てるも、失敗。憲法が制定され立法議会が開幕する中、革命に圧力をかける諸外国との戦争が叫ばれ始める。

1792年、威信回復を目論む王と、ジロンド派が結び開戦するが、緒戦敗退。民衆は王の廃位を求めて蜂起、新たに国民公会が開幕し、ルイ十六世が死刑に。フランスは共和国となるが、対外戦争に苦戦し内乱も勃発。革命裁判所が設置され、ロベスピエール率いるジャコバン派が恐怖政治を開始、元王妃やジロンド派、エベール派、さらにはダントン派までが次々に断頭台へ送られた。

革命期のフランス

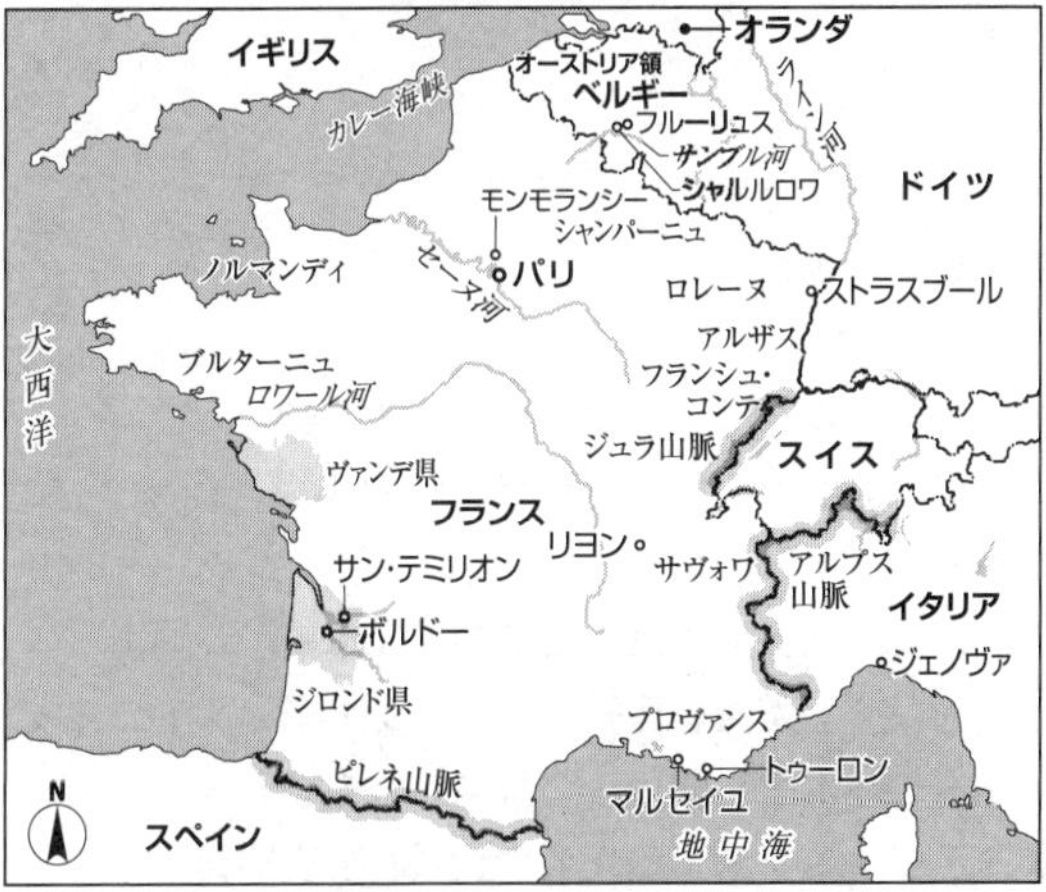

革命期のパリ市街図

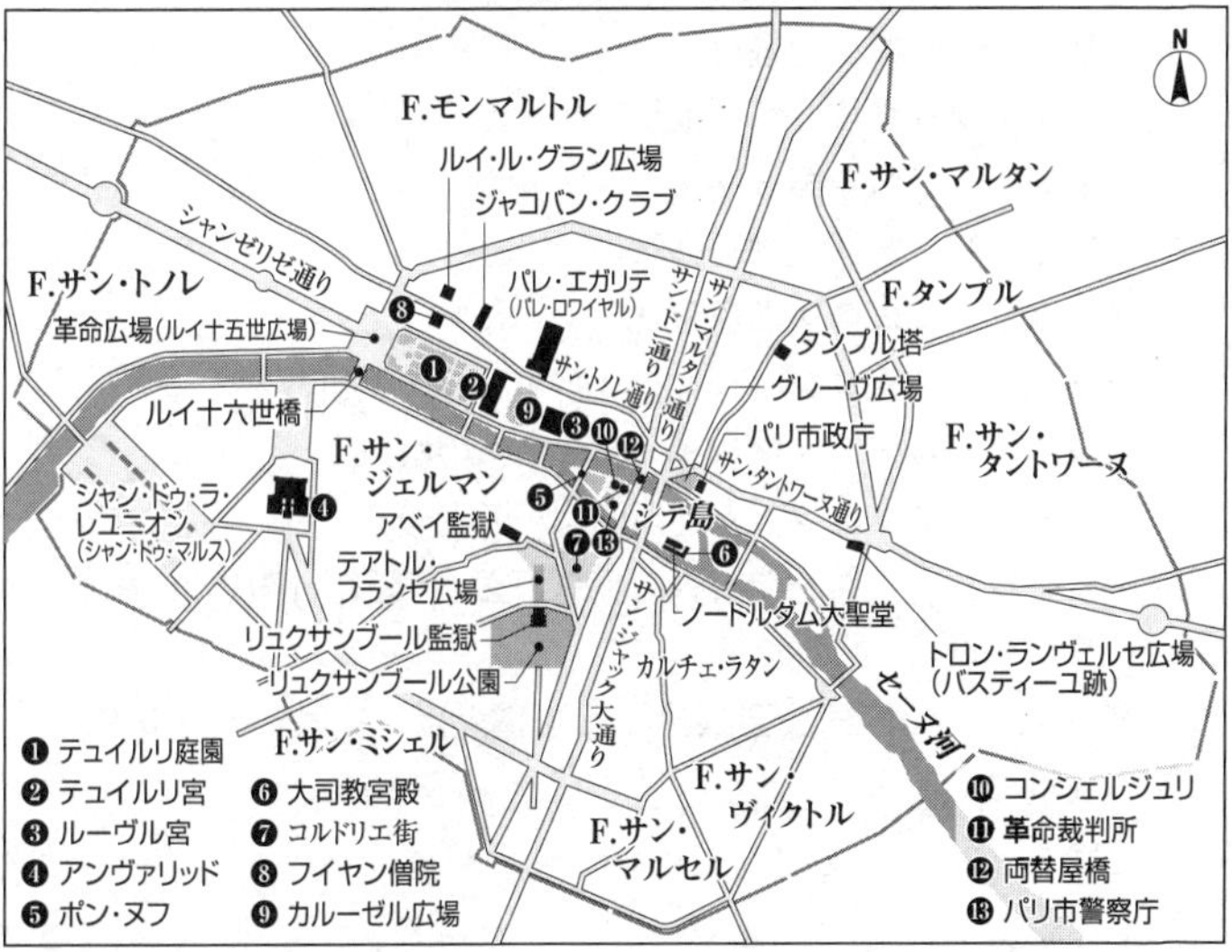

＊主要登場人物＊

ロベスピエール　国民公会議員。公安委員
サン・ジュスト　国民公会議員。公安委員。ロベスピエールの側近
クートン　国民公会議員。公安委員。車椅子の闘士
ルバ　国民公会議員。保安委員。サン・ジュストの盟友
コロー・デルボワ　国民公会議員。公安委員
ビヨー・ヴァレンヌ　国民公会議員。公安委員
バレール　国民公会議員。公安委員
タリアン　国民公会議員
レスコ・フルリオ　パリ市長
パヤン　パリ市の第一助役
コフィナル　革命裁判所副所長
アンリオ　国民衛兵隊司令官
モーリス・デュプレイ　ロベスピエールの下宿の主人
エレオノール・デュプレイ　モーリスの娘
クレール・ラコンブ　女性活動家。元女優
デムーラン　元新聞発行人。元国民公会議員。1794年４月５日、死刑に
ダントン　元国民公会議員。元法務大臣。1794年４月５日、死刑に

Je demande qu'on m'envoie à la mort.

「私は要求する。私に死が贈られることを」

（ロベスピエール　1794年７月27日　国民公会）

革命の終焉

小説フランス革命18

1――罵り合い

「どうして私が署名を強制されねばならんのだ」
と、ビヨー・ヴァレンヌは言葉にした。大造りな目鼻をヒクつかせながら、響かせたのは聞き違えようもない怒声だった。

やはり、こうなっていた。俺《おれ》が戦場に出ている間に……。パリを留守にした間に……。が、これくらいなら想定の範囲内だと、サン・ジュストは諦念《ていねん》にも似た思いで聞き流した。

――ああ、これなら悪くはない。

夏の暑さが厳しくなるおり、窓を大きく開けられるなら悪くない。

収穫月《メッシドール》十一日あるいは六月二十九日になっていた。サン・ジュストがパリに到着したのは、収穫月十日あるいは六月二十八日、つまりは昨日の夕刻だった。下宿に荷物を下ろす時間も惜しいとばかり、一番にテュイルリ宮に駆けこんで、いきなり驚かされたのだ。

サン・ジュストが欠席していた僅《わず》か二週間ほどの間に、公安委員会室の引越が行われていた。テュイルリ宮の階段をさらに上る、最上階に移されていた。

理由はいうまでもなく、これまでの高さでは洩《も》れた物音が外の通行人に聞かれてしまうからだった。

聞かれたくない怒声罵声《ばせい》の応酬が絶えない。かっかと身体《からだ》も熱くなり、あげくに窓を閉めきりにしていたのでは、この夏をやりすごせそうもないということで、公安委員会は異例の引越に踏みきったのだ。

――だから、大急ぎで帰ってきて、正解だった。

勝利を喜ぶ暇《いとま》も惜しんで、馬車を求めて正解だった。サン・ジュストが安堵《あんど》の言葉を心に並べている間にも、委員会室の温度は上がっていくばかりだった。

どんな涼風が吹き抜けても、容易なことでは冷まされまいと思わせながら、こちらも危うい感じになるほど顔面を紅潮させていた。これまたやはりのマクシミリヤン・ロベスピエール、その人である。

問題は承知している、自分に考えがあると打《ぶ》ち上げながら、ロベスピエールは政界の不和を見事に鎮めてみせるどころか、その逆に軋轢《あつれき》を大きくする一方だった。しかも些《さ》細《さい》な問題で対立して、不必要に溝を深めるばかりだったのだ。

現下の罵《のの》り合いにせよ、政界の重要案件というわけではなかった。

ふううと自分を宥《なだ》めるように息を吐くと、ロベスピエールは返した。

「いや、ビヨー・ヴァレンヌ、それは聞き捨てならない。君とて公安委員会の一員だろう。まさか警察局の仕事を否定しようというのか」

「そんな大それた話はしていない。収穫月七日の逮捕には納得できないと、そういっただけではないか」

なんでも、パリのアンディヴィズィビリテ区で、公金横領の罪を犯した者がいた。警察局に嫌疑を告げられ、ロベスピエールは逮捕を命じた。その一件にビヨー・ヴァレンヌは嚙《か》みついたのだ。

「納得などできるわけがない。説明ひとつないんだからな。公安委員会の名前は使われたくないし、どうでも使うというならば、その名前で出す逮捕状に、私は署名したくない。公安委員としての職責に鑑《かんが》みても、そのことで責められる謂《いわ》れがあるとは思われない」

「だから、私は責めてなどいない。君に署名を強制した覚えもない。職責云々《うんぬん》を論じるつもりもない。ただ自分も公安委員会の一員なのだという自覚は持ちたまえと、そう勧めただけだ。保安委員会の手先に堕《お》ちて、恥ずかしくはないのかと質《ただ》しただけだ」

「手先だと。保安委員会の手先だと。それは、ひどい。取り消してもらうぞ、ロベスピエール。いくらあなたでも、取り消してもらう」

「君が保安委員会の意を受けていることは、紛《まぎ》れもない事実ではないか。ああ、向こうは警察局の活動を端《はな》から快く思ってはいないのだ。なにかと難癖をつけて、せっかくの働きを反故《ほご》にしようと画策するのだ。その御先棒《おさきぼう》を担《かつ》ぐような真似《まね》をするから、ビヨー・ヴァレンヌ、君は……」

「保安委員会が正しいと思えば、私は保安委員会を支持する。それだけのことだ。ただ公安委員会に属するからといって、ああ、それこそ独裁者の手先に堕ちる気はない」

「独裁者だと。それは誰のことをいっているのだ」

「いうまでもない。みんな、そういっている」

「私のことか。独裁者というのは、この私のことなのだな」

「そう呼ばれても仕方ない部分はあるのじゃないか」

「なんと」

ロベスピエールは絶句した。目の前の人間に「独裁者」とあからさまな言葉を投げつけて、ビヨー・ヴァレンヌも大胆な真似をする、無礼を通り越して、ほとんど蛮勇《ばんゆう》の振る舞いではないかと、それはサン・ジュストにとっても驚きを禁じえない発言だった。

だって、そうだろう、とビヨー・ヴァレンヌは続けた。

「一方では警察局を動かしながら、問答無用の逮捕を行う。他方では革命裁判所に働きかけて、重大な犯罪を裏から揉《も》み消そうとする」

「なんの話だ」

「カトリーヌ・テオ事件の話に決まっている。フーキエ・タンヴィルに圧力をかけて、起訴させなかったんだろう」

保安委員会のヴァディエの告発に対抗する、それがロベスピエールの「考え」だった。腹案に留《とど》めておくでもなく、サン・ジュストが戦地に出ていた間に、実行に移してさえいたようだった。

いよいよ火を噴きそうなほど顔を赤らめ、ロベスピエールは返した。

「あの一件なら不起訴が妥当だ。フーキエ・タンヴィルを捕まえて、無理強《むりじ》いしたわけでもない。いくらか助言しただけだ。あの訴追検事は自身の良識に照らして、起訴を取り下げたのだ。ああ、もっともな判断だよ。ああ、あんな下らない話で、多忙な革命裁判所を煩《わずら》わせるべきではない」

「そうだろうか。いやしくも保安委員会が上げてきた告発だぞ」

「それは関係ない。下らないものは下らない」

「その下らないか否《いな》かの判断にせよ、本来は革命裁判所が下すべきものだ。ロベスピエール、あなたの権限じゃない。少なくとも越権行為は慎むべきじゃないのか。独裁者と呼ばれたくないならな」

ぐぐ、ぐぐ、と喉奥に息が詰まる気配だけが外に洩れた。怒りのあまり、ロベスピエールは言葉も出せないようだった。その隙《すき》にビヨー・ヴァレンヌは畳みかける。

「保安委員会の告発も、保安委員会の抗議も、端から退けられたものじゃない。むしろ、正しい。ああ、私は正しいと思う。だから私は保安委員会の支持を公言したまでだ」

「草月法《プレリアール》も評判が悪いぞ」

短く切り揃《そろ》えた前髪を突き出し気味に、そう話を転じたのはコロー・デルボワだった。

ああ、裁判手続きの簡略化というが、ほとんど審理らしい審理がなくなったとも聞く。即日の結審、即日の執行で、どんどん人が殺されていく。

2——独裁者

　ただ居合わせるだけで、ピリピリと頬《ほお》に痺《しび》れが走る気がする。公安委員会室の空気は、緊迫の度を増していくばかりである。

　このままでは確かに苦しい。もう五分と持ちそうにない。ロベスピエールは小さく肩を竦《すく》めることで、その対峙《たいじ》を一度いなした。同時に大きく息をしてから、反論にとりかかった。

「犯罪者が処罰されるのは当然だろう」

「にしても、最近はひどい。十把《じっぱ》ひとからげの勢いだ」

「そんな杜撰《ずさん》な処断はしていまい」

「そうかな」

「具体的に話したまえ。例えば、いつだ」

「例えば草月《プレリアール》二十九日だ。あの夕《ゆうべ》には『赤服事件』の被告たちが、一気に五十四人も処刑された」

「…………」

「ああ、ロベスピエール、あなたを殺そうとした者たちだ。まったく容赦ないものだな。あなたを救世主に祭り上げた狂信者には、あんなに寛容だというのにな」

「私がどういう問題じゃない。暗殺は許されざる犯罪だ。それが裁判で立証されれば、誰も容赦されるべきではないだろう。違うのか、コロー・デルボワ。君も銃を向けられたのだぞ。実際に殺されかけたのだぞ」

「あなたの身代わりとして、ね」

「…………」

「話を裁判に戻せば、それがどんな裁判所でも、五十四人もの被告の罪を一挙に立証できるなんて、とてもじゃないが思えない」

それでも人は殺されていく。草月法の成立以来、大量の犯罪者が処刑に回されていることは、否定できない事実だった。

「議員たちだって、自分の家に帰らなくなっている」

「家に帰らない？　なんの話だ」

「独裁者の胸三寸で、いつ逮捕されるとも知れない、いつ官憲が自宅を訪ねてくるかわからないと、議員たちは一様に恐れているのだ」

「私は議員を告発してなどいない」

「だから、これから告発すると思われているのだ。草月法を適用して、どんどん粛清していくと怖がられているのだ」

「今度は人殺し呼ばわりか」

ロベスピエールに質《ただ》されても、コロー・デルボワはひるまなかった。独裁者といい、怖い、怖いと嘆きながら、それほどの相手を恐れるような素ぶりは皆無なのだ。

聞き苦しい怒声罵声《ばせい》の応酬が続いていた。が、今再び蒸し返されただけで、同じような話は収穫月《メッシドール》八日あるいは六月二十六日の公安委員会でも持ち出され、そのときも同じような罵《のの》り合いが演じられたようだった。

それは北の戦場で「フルーリュスの戦い」が行われていた日である。決定的な勝利の報《しら》せは、ロベスピエールの地歩をいっそう盤石《ばんじやく》のものとするはずだった。ところが、実際には事態はひとつも好転しなかったのだ。

「いえ、ただシャルルロワを奪取できたからと、ことさら私が発言するべきとは思いません。あくまでそれはフランスの共和主義者が共有するべき快挙です。共和国の軍隊がオーストリアの、あるいはオランダの兵隊たちを打ち負かしたからといって、やはり発言を望むことはなかったでしょう。私が口を開いたとすれば、それはフランスの兵士たちが、奴隷状態に置かれた人々に対する自由な人民の道徳的性質の優位を、ここぞと誇示してくれたからです。それゆえにシャルルロワの占領を許さなかったからなのです」

そうやってロベスピエールが演説を試みたのは、収穫月九日あるいは六月二十七日のことだった。

戦場から続々と届けられる華々しい戦果の数々は、確かにパリを狂喜させていた。フランスは救われた。絶体絶命の危機を脱した。今の政権に任せてよかった。全てロベスピエールさんのおかげだ。支持も熱狂的な勢いを帯びていったが、かたわらでは、また別な声も囁《ささや》かれ始めたようなのだ。

「だから、もう恐怖政治《テルール》を解いてもいいんじゃないか」

革命裁判所は要らないんじゃないか。なお政治犯の身柄は拘束されても、経済のほうは、もう自由放任でいいんじゃないか。最高価格法は廃止してもいいんじゃないか。

声が金満ブルジョワたちに留《とど》まらなかったのは、サン・キュロット（半ズボンなし）たちにしても最高価格法の施行に伴う措置で抑えられ、低賃金に喘《あえ》ぐことになっていたからである。

わけても軍需品の製造に係《かか》わる工場では、戦争に勝つためだからと、ただ働き同然になっても、仕事を休むことは許されなかった。が、その戦争には、もう勝ったというのだ。

――なんたる皮肉か。

と、サン・ジュストは思わずにいられなかった。

なんとなれば、祖国フランスのためと奮闘し、実際に結果を出したがゆえに、その施政を非難されてしまうのだ。政権を下支えするのではなく、かえって行きすぎとの声を招いたのだ。戦争に負けるかもしれないと思えばこそ、我慢してきたのであって、その恐怖が消え去れば、もう強権的な政治は必要ないと嫌われるのだ。

――俺《おれ》は全体なんのために頑張って……。

公安・保安両委員会に無制限の権力を集中させる体制は、確かに戦時体制として発足したものである。

「フランスの暫定《ざんてい》政府は平和の到来まで革命的である」

共和暦第二年第一月十九日あるいは一七九三年十月十日に宣言して、共和国憲法の発布も棚上げにしたからには、超法規的な体制でもある。

いつまでも続けるわけにはいかない。それは大前提だが、これまでも何度となく誤解を正してきたように、その平和とは単に外国に勝てば手に入るというものではない。

「フランスに共和国を確立しなければ、真の平和は訪れない」

どんな戦勝も価値があるわけではない、それが自由の勝利だからこそ意味があるのだと、収穫月九日のロベスピエールにせよ、歯がゆくも理《ことわり》を確かめることから始めなければならなかったのだ。

「正義と自由を熱烈に愛する人には、いうまでもない話ながら、勝利に陶酔するあまり、祖国の利益がみえなくなってはなりません。この同じ場所で、かつても私は、はっきり述べたことがあります。我々が外の敵を撃破したときこそ、内にある敵が破廉恥《はれんち》にも下劣さと厚かましさを、ここぞと発揮するのだと。暴君どもに対して勝利を収めれば、国家の代表を全滅させ、その仕事の成果を取り消しにするような中傷が、あるいは不実な陰謀が、必ず聞こえてくるのだと」

勝利の質まで求めるからには、むしろ重要なのは内政の問題なのだと、そのこともロベスピエールは明言しなければならなかった。

実際のところ、内政の問題が容易に解決しないからこそ、戦争を続けなければならない側面さえないではなかった。ちょっと危機感が弛《ゆる》むや、とたんに動き始める輩《やから》がいるからだ。

「ある範疇《はんちゅう》に属する者たちは、その富を尽くし、手を尽くし、また力のかぎりを尽くして、国民公会《コンヴァンシオン》の面々が抱《いだ》き続ける純粋な魂に、毒を仕込もうとするのです。夕食会と称しながら、あるいは共和主義者には不釣り合いな晩餐《ばんさん》に招きながら、我々が兄弟として抱きしめるような純粋な人々を集めるわけです。かわす会話の目的というのが、諸君らを、あるいは真実の愛国者とみなされている人々を、はたまた公安・保安両委員会を、ひどく中傷することです。けれど我々はどうしていつも我々自身を名指ししなければならないのでしょうか。公的事柄を守れば、どうして自身を守れないことになるのでしょうか。かくも全体の利益に結びつけられているというのに、国民公会の諸々《もろもろ》の原則を論じたが最後で、どうして自身を守れなくなるのでしょうか」

真剣に政治を行う人間が責められる。皆のために頑張る人間が馬鹿をみる。民主主義の確立もみないうちに外国との和平を急ぎ、恐怖政治に異を唱えた寛大《アンダルジャン》派もしくはダントン派が、どうでも粛清されなければならなかった理由も、まさしくそこにあった。誰も二の舞を演じたくはないはずなのに、政権に反意を抱く連中には、新たに切るべき強力な札が与えられていたのである。

――それが独裁者という蔑称《べっしょう》だ。

ジロンド派のような議会の多数派がいたからこそ、あるいはエベールやダントンほどの大物がいたからこそ、これまでは政争になってきた。が、今やロベスピエールと比べられる個性がいないため、全ての告発は弾圧と同義になってしまう。いや、弾圧なのだと騒ぎ立てれば、それだけで独裁の非道を訴えることができる。

「腐敗した輩の同盟について、もうひとつ了解していただきたいのは、公安委員会が国民公会全体を、あるいは個別の特筆するべき議員を攻撃しようとしているように、さかんに信じさせようとしている実態です。けれど、そのような事実は一切ありません。公安委員会は新たな訴追の企《くわだ》てなど、誰についても準備してはいないのです」

そうやって、ロベスピエールは弁明めいた言葉まで並べなければならなかったという。サン・ジュストにすれば、もう歯噛《はが》みする思いだ。

ロベスピエールの訴えが訴えとして、弁明が弁明として、きちんと届いていたならば、あるいは感情を乱すことなどなかったのかもしれない。政治を安定に向かわせたのなら、優《すぐ》れた演説として一定以上の評価がなされるべきだろうとも思う。

が、その収穫月九日の演説は、ジャコバン・クラブで行われたものだった。公安委員会で発言したわけではない。不和の現場で発言しても、耳を傾けられるはずがないとの判断だったかもしれないが、それにしても内向きだった。

国民公会の演壇から議員諸氏に訴えかけたわけでもない。うんうん頷《うなず》きながら熱心に聞いてくれ、なにか異を唱えるどころか、最後は必ず拍手喝采《はくしゆかつさい》で終わってくれる。ロベスピエールにとってジャコバン・クラブは、そうした安易な聖域にすぎないのだ。

——現に何も解決できていない。

3——もういい

サン・ジュストは、すんでに手で耳を塞《ふさ》ぎそうになった。少なくとも、そうしたい衝動には駆られた。

「とにかく、独裁者という言葉は取り消してもらおう」

「ああ、取り消す。いつでも取り消す用意がある。ただ公安委員会の名前を使うときは……」

「注文をつけるのは、やめたまえ。過ちを認めるというならば、まず無条件に取り消すのが筋じゃないか」

「過ちだって。私たちが過ちを犯したというのかね」

「人殺しとまで呼んだろう。それが過ちでなくて……」

「いや、まったく話にならない」

「ああ、それなら取り消さないぞ。むしろ独裁者と呼ばれて、当然だと思う」

収穫月《メッシドール》十一日あるいは六月二十九日、こうして再び公安委員会で集まっても、同じような罵り合いが繰り返されるだけである。事態は悪化するばかりで、少しも好転していない。あくまで祖国のためなのだと皆に理解されるどころか、巷《ちまた》の空気に乗じて公安委員会のなかでまで、独裁者呼ばわりが勢いづいたのである。

「独裁者と呼ばれるのは心外だ、全て独断しているわけではないというなら、せめて戦争の遂行《すいこう》についてだけは、この私に任せてもらいたいものだ」

四角い顎《あご》を動かしながら、新たに発言したのはラザール・カルノだった。

軍事の専門家として公安委員会に入った男は、エベール派でも、ダントン派でもなく、もともと政治色が薄かった。それゆえに中立の立場を通してきたが、ここに来て俄《にわ》かにビヨー・ヴァレンヌやコロー・デルボワに同調する素ぶりがある。

「自分のすることに文句をいうなと、そういうことですか、市民カルノ」

と、サン・ジュストは声に出した。ロベスピエールの敵に回ったというのは、その腹心とされるサン・ジュストと、専門の戦争の分野において対立したからなのだ。

溜《た》め息ひとつを置いてから、カルノは答えた。この際だから、はっきりといわせてもらおう。

「素人《しろうと》の意見は迷惑だ」

「専門家を前面に押し出しながら、玄人《くろうと》である自分こそ戦争の独裁者たらんという御希望ですな」

「聞き捨てならんな、サン・ジュスト君。どうして私が独裁者と呼ばれねばならんのだ」

「一存をもって、フランスの利益に反する戦争をしようとしました」

「具体的にいってほしい」

「つい先般の戦争です。ジュールダン将軍のアルデンヌ方面軍から二万の兵士を奪い、ピシュグリュ将軍の北部方面軍に与えようとしました」

「二万ではない。一万八千だ」

「いずれにせよ、派遣で出ていた私のところに、そのように指示を送りつけてきました」

「戦況を分析して、兵員の配置を転換すると、独裁者になってしまうのか。フランスの不利益になってしまうのか」

「なります。もし私があなたの指示に従い、北部方面軍に二万の兵士を送り出していたら、フルーリュスの戦いは恐らく、フランス軍の敗北に終わったことでしょう」

「そんなことは、わからんだろう」

「わかります。十万だから勝てたのです。八万なら負けていました」

「いや、だから八万で戦ってみたわけでもないのに……」

「ピシュグリュ将軍の北部方面軍は、二万の増員を受けなくても、これといった不都合を生じさせていません。市民カルノ、あなたの判断は間違っていたということです」

カルノは再び深呼吸で間を置いた。いや、市民サン・ジュスト、仮定の話はいくらしても仕方なかろう。それに、そんなことは、どうでもよい。真の問題は他にある。

「それは君が私の命令に従わなかったことだ」

「当然です」

「なに」

「私はあなたに命令される立場ではない。同じ公安委員であり、同じ派遣委員だ。市民カルノ、あなたは私の同僚にすぎない。断じて私の上司ではない」

命令できると思っていること自体、あなたには独裁者の素質ありだ。そうやって、サン・ジュストは一歩も譲らなかった。譲る理由もなかったからだが、反面、我ながら意固地《いこじ》にすぎると思わないでもなかった。これでは不和など収まらない。ただ軋轢《あつれき》を大きくするだけであれば、ロベスピエールのことなど非難できない。

それでもサン・ジュストは続けた。あえて辛辣《しんらつ》に責め続けた。

「本音をいわせてもらえば、市民カルノ、あなたの新聞とて読ませられたくはなかった」

事実として、カルノは新聞の発行に乗り出していた。『野営の夕《ゆうべ》』というのがそれで、専《もっぱ》ら軍隊に配ることを目的にした新聞である。

「あれまた独裁の志向でなくて、なんだというのです」

「おかしな言いがかりをつけないでくれ」

「言いがかりではない。あなたの『野営の夕』はエベールの『デュシェーヌ親爺《おやじ》』に取ってかわりました。つまり、カルノ、あなたはエベールの後継者なのだ。私利私欲のために政治を利用し、官庁を牛耳《ぎゅうじ》ろうとした、あのエベールの……」

「私利私欲ではない。ああ、私はエベールのような購読料めあてではない。『野営の夕』を軍隊に配っているのは、兵士の士気を鼓舞するためだ。通じて、フランスの勝利を引き寄せるためなのだ」

「しかし、もう一方ではフランスの勝利を遠ざける真似《まね》もする。自分の独裁が崩れることを恐れてか、同僚派遣委員の足を引っ張るような真似をする」

「しつこいな、サン・ジュスト君」

「粘着質でなければ、戦争には勝てませんから」

サン・ジュストは向け続けの眼光を弛《ゆる》めなかった。数秒の睨《にら》みあいを演じてから、カルノは肩を竦《すく》めた。まあ、いい。戦勝ひとつでここまで増長するものかと、ある意味感心してしまうが、市民サン・ジュスト、君がフルーリュスでしてきた仕事は認めよう。ああ、独裁者ではない証拠に、私には、現場で実績がある人間の発言には耳を傾ける用意がある。

「しかし、全くの門外漢は別だ。実績は無論のこと、軍事に秀でた知見があるでもなければ、市民ロベスピエールには口出しを控えていただこう。それこそ独裁者でないというなら、是非にも分《ぶん》をわきまえて……」

バンという衝撃音で、ひらひら書類が宙を舞った。ロベスピエールが両の掌《てのひら》を、思いきり机に叩《たた》きつけていた。もういい。独裁者、独裁者と、なんなのだ、その紋切り型の蔑称は。あるいは魔法の呪文《じゅもん》のように、そうとさえ叫べば私を追放できるとでも思うのか。ああ、それならば、結構だ。余人の仕事をああだ、こうだと扱《こ》き下ろすのでなく、自分が汗かき働きたまえ。フランスを指導するという責任を、自ら背に負いたまえ。

「ああ、それならば、私抜きで祖国を救いたまえよ」

金切り声を張り上げると、ロベスピエールは立ち上がった。踵《きびす》を返し、そのまま公安委員会室を出ていく背中を、サン・ジュストも追いかけた。

ロベスピエールさんが怒った。常ならずも激怒した。大変なことだけれども、サン・ジュストは強《し》いて宥《なだ》めようとは思わなかった。ああ、これでいい。もはや収束不可能ならば、とことん対立するまでだ。後戻りできないところまで、激しく角《つの》突き合わせて、あげくに取るべき処断を取るまでのことなのだ。

――これで決まりだ。

ああ、わからせてやる。道理も弁《わきま》えない愚か者ども、今こそ目を覚まさせてやる。というより、永遠に目が覚めないようにしてやるか。ある種の高揚感に足取りも軽く、サン・ジュストには楽しみな気分さえあった。

4――強談

サン・トノレ通りの下宿を訪ねると、ロベスピエールは家主に捕まっていた。いつも門番然と構えているモーリス・デュプレイがいないので、なにかおかしいとはサン・ジュストも感じていた。

訪《おとな》いを入れると、応対したのがフランソワーズ・エレオノール・デュプレイだった。歓迎するでもなく、追い払うでもなく、お上《かみ》さんも中途半端な顔をしていた。いつもなら素通りを許されるものを、上階に確かめてくるからと、そのまま戸口で待たされた。

首を傾《かし》げながら待つこと数分、サン・ジュストは部屋に通されるには通された。

ロベスピエールが来客を嫌っているのかとも心配したが、そういうわけではないらしい。少なくとも自分は拒絶されなかった。ならば今日こそ話を詰めなければと、決意を新たに階段を上がったところ、下宿人の部屋にはまだ家主がいたのである。

モーリス・デュプレイとは、しばらく前から話しこんでいた様子だった。議員が訪ねてきた。それも公安委員のサン・ジュストだ。そう伝えられては、断るわけにもいかなかったのだろうが、それとして自分の話も容易に切り上げられなかったとみえる。

こちらが戸口に姿を現しても、すぐには場所を譲ろうとはしなかった。いや、退室しなければならないと、モーリス・デュプレイも道理を自分に諭《さと》してはいたのだろうが、それでも念押しの数語だけは残さずにおかなかった。

「とにかく、ロベスピエールさん、よおく考えておいてください」

「ええ、考えます。真剣に考えてみますが……」

「みますが、なんだというんです」

立ち去ろうと、一歩、二歩と進んだところで言葉尻を捕えると、モーリス・デュプレイは苛々顔《いらいらがお》で向きなおった。この期《ご》に及んでは他人の目など気にするものかというような、ある種の居直りも感じさせた。ああ、ロベスピエールさん、後生《ごしょう》だ。

「政局が一段落してからなんて、同じ台詞《せりふ》は繰り返さないでくださいよ。ええ、一段落なんかしません。戦争に勝ったからって、革命は終わりになりません。というか、ロベスピエールさんも仰《おっしゃ》っていたように、終わりにしちゃいけないんです。共和国を本物にするためには、まだいくつも山を越えなけりゃならないんです。だから、こちらとしても悪い話じゃないんじゃないかと」

「それはもう、その通りなのですが……」

　ポッシュからハンケチを取り出して、ロベスピエールは額の汗を拭《ぬぐ》った。一緒に眼鏡《めがね》を外すと、その硝子《ガラス》も磨きにかかる。確かに蒸し蒸しする夕《ゆうべ》だったが、ただ部屋にいるだけで汗が滴《したた》るほどではない。

　モーリス・デュプレイは続けた。実際のところ、女房ってえのは、ありがたいものです。私なんかにしても、フランソワーズ・エレオノールの助けがなかったら、今日までやってこられたかどうかと本気で思います。

「ええ、ロベスピエールさんの政治の理想を大きく実らせるためにも、結婚しなけりゃ駄目なんです。それとも、なんですかい。結婚はしたいんだが、うちのエレオノールじゃあ不足だと……」

「いや、エレオノールがどうこうという問題ではありません」

「けど、他に意中の相手がいるわけではないんでしょう」

「ええ、いません」

「それなら、どうして。親の欲目もあるかもしれませんが、エレオノールはなかなか出来た娘です。ええ、あれは亭主を楽にする女ですよ。それが証拠に今朝《けさ》だって、ロベスピエールさんの顔色がよくない、爪《つめ》も荒れているようだって、ずいぶん心配そうに零《こぼ》してました」

「お心遣いは、ええ、ありがたいばかりで……」

「実際のところ、政治は激務です。女房に世話を焼いてもらうんじゃなかったら、ねえ、ロベスピエールさん、冗談じゃなく働きすぎで、そのうち死んでしまいますよ」

「私の命なら、とうの昔に革命に捧《ささ》げています。仮に死んでも……」

「そういう話じゃないでしょう。えっ、ロベスピエールさん、はぐらかさないでくださいよ」

「ああ、ええ、そうですね、失礼しました」

「エレオノールの奴《やつ》、そこいらへんじゃあ、もう『ロベスピエール夫人』だなんて呼ばれてるんですぜ。婚約者だと思われてるんですぜ。それが嘘《うそ》になっちまったら、いいですか、ロベスピエールさん、もうエレオノールは傷物だ」

「そんなことは……」

「あるんです。世の中ってのは、そういうもんです。それでもエレオノールは、ロベスピエールさん、あなたの顔色を心配するんです。爪が荒れてないか気になるんです。そうしながら、あなたの上着に湯気をあてて、皺《しわ》を伸ばそうとするんです。馬鹿な父親とお笑いくだすっても結構ですが、このままじゃあ、もう、あいつのことが、不憫《ふびん》で、不憫で……」

うっと言葉に詰まると、モーリス・デュプレイは鼻を啜《すす》った。手の甲では零れ落ちる涙まで、斜めに拭ったようだった。

それから、ようやく動き出した。いや、サン・ジュストさん、これは失礼いたしました。

「ずいぶんお待たせしてしまって」

そう言葉にはするのだが、モーリス・デュプレイに済まなさそうな風はなかった。もう少しのところを邪魔された、間の悪い男もいたものだと、それくらいに恨みがましい目まで向けられた気がした。

であれば、家主から解放されたロベスピエールのほうは、ふうと大きく溜《た》め息を吐《つ》きながら、ひとまず救われたような顔になっていた。ひとつ苦笑いを作ると、小声で始めた。

「いや、サン・ジュスト、実際、君が来てくれて助かったよ」

「縁談ですか」

サン・ジュストが確かめると、ロベスピエールは真顔に戻って頷《うなず》いた。

「正直いえば、閉口している。政治で頭がいっぱいになっているからだ。結婚がどうこう、エレオノールがどうこうでなく、本当に他のことは考えられないのだ」

「それは、そうかもしれませんね」

「考えるべきでもなかろう」

「そうですか」

「そうさ。まだフランス人の多くが不幸に喘《あえ》いでいるのだから」

「自分だけ幸せになるわけにはいかないと？　それならエレオノール・デュプレイと結婚するのも、ひとつなのじゃありませんか」

ロベスピエールは目を白黒させた。サン・ジュストは言葉を足した。だって、エレオノール・デュプレイと結婚したからとて、あなたは幸せになるわけではない。

「デュプレイ氏がいったように、健康になるだけです。もっと働けるようになるだけです」

「そうだろうか」

「そうですよ。エレオノールは確かに悪い相手じゃない。といって、熱烈に恋い焦がれた相手というわけではないのでしょう」

まあ、そうだと認めながら、ロベスピエールはたじろぐような表情だった。直言がすぎたかと思いながらも、せっかくの機会だからと、サン・ジュストはやめなかった。

「だったら、理想的ですよ。これがデムーランさんのように、恋女房と結ばれたりなんかしたら、もう大変です。そりゃあ、いつも幸せそうな御仁《ごじん》でしたが、仕事のほうは今ひとつ振るわなかった。私がみるところ、あれは家庭に足を取られたからです。政治家としては致命的です。才能はあったんですよ、デムーランさんにだって」

とうとうと続けてしまってから、サン・ジュストは気がついた。ロベスピエールが顔を引き攣《つ》らせていた。

さすがのサン・ジュストも刹那《せつな》は言葉を継げなかった。軽率だった。冗談にも引き合いに出すべきではなかった。なんとなれば、カミーユ・デムーランは死んでいるのだ。

夫人のリュシル・デムーランも処刑された。ロベスピエールは旧知で、結婚式には立ち会ったと聞いているし、子供の名づけ親にもなっていた。ために先般に断行したダントン派の粛清は、悩みに悩んだ処断となったのだ。その痛手は今も革命家の心に深い爪《つめ》痕《あと》を残しているのだ。

「それで、今日はなんだね、サン・ジュスト」

ロベスピエールのほうから話題を変えた。今度はサン・ジュストが救われた顔になった。ああ、そうだ。もとより縁談などは、二の次、三の次なのだ。

5——自発的な改心

「公安委員会の会合に出席なさいませんでしたね」

と、サン・ジュストは始めた。ロベスピエールは平らな声で答えた。ああ、出なかった。

「もしや、このまま欠席を続けるつもりですか」

ロベスピエールは頷《うなず》いた。あんな状態だ。今の公安委員会には出席する意味などない。

「しかし、それでは……」

「政治にならないわけではない」

ロベスピエールは眼鏡《めがね》をなおした。ついさっきも外したばかりであれば、なにかを誤《ご》魔化《まか》すようにもみえた。

「ジャコバン・クラブには出ている。昨日も演壇に立った」

「その演説なら私も聞きました」

収穫月《メッシドール》十三日あるいは七月一日の夕《ゆうべ》に打《ぶ》たれた演説は、それとして注目されたものだった。内輪の集まりで打たれた演説にすぎないながら、国民公会《コンヴァンシオン》でも、その諸委員会でも、右派でも、左派でも、平原派《プレーヌ》あるいは沼派《マレ》でも、持ちきりの話題となったほどだ。

公安委員会や保安委員会を批判するのではなく、そこに属する個々の委員を攻撃する風潮が高まっていること、革命裁判所とその編成を定めた草月《プレリアール》法に対する中傷が勢いづいていること、かかる非道な運動を行う者にはロンドンと通じている節があること、今や独裁者と呼ばれながら責務を果たすか、あるいは祖国を裏切るかの二者択一しかないこと、等々等々と昨今の政治状況を憂《うれ》えたうえで、ロベスピエールは次のような熱い言葉を吐いたのだ。

「国民と共和国の代表機関において、私が真実を述べようとするとき、それを阻《はば》む力など誰にも与えられてはおりません。暴君どもにも、その手下どもにも、私の勇気を挫《くじ》く力はないのです。私を誹謗中傷《ひぼうちゅうしょう》する文章が出回ったなら、そのままにはしておきません。同じ熱意で自由と平等を守っていきます。与えられた職務の一部を辞すよう、圧力をかけられたとしても、なお私は人民の代表という資格だけには留《とど》まることができるのです。そこで私は、暴君と陰謀家たちに対する戦いを、死ぬまで演じるつもりです」

ロベスピエールは公安委員会から身を引くつもりなのではないか。そのうえで国民公会の演壇に立ち、議会を動かすことで、一気の攻勢に出るのではないか。そうした憶測が流れても、なんら不思議ではない言葉遣いだった。

もちろん、あながち憶測だけにも留まらないだろう。

「いよいよなのですね」

と、サン・ジュストは続けた。問いかける形になったが、我ながら愚問に思えた。それは自明の話なのであり、しつこく確認を取るまでもない。

ところが、その問いにロベスピエールは、自分も問いで返してきた。

「なにが、いよいよなんだね」

「惚《とぼ》けないでください。今度こそ議会で告発するつもりなのでしょう」

「いいや。議会で告発なんて、誰がいったのだ」

「しかし、ジャコバン・クラブでの演説は……」

はっきりいえば告発を予告したものなのだと、それが大方の受け止め方だった。フーシェ、タリアン、フレロン、バラスといった地方派遣委員の逮捕は確実だとか、ブールドン・ドゥ・ロワーズ、メルラン・ドゥ・ドゥエイといった反抗的な議員も逃れられないとか、公安・保安両委員会まで斬《き》り伏せる大粛清が計画されているのだとか、すでに話題の焦点はロベスピエールがどこまでやるかに移されているほどである。

――いや、ジャコバン・クラブの演説など無視しても構わない。

公安委員会にいれば、わかる。政治の中枢にいれば、ひりひり痛いくらいの実感である。ああ、ほどなくして血が流れる。雌雄を決するときは近い。サン・ジュストは疑いもしないのだが、当のロベスピエールはといえば、悪びれる様子もなく否定するのだ。

「あれは脅《おど》しだ。単なる脅しで、私には誰を告発するつもりもない」

「えっ」

と聞き返して、さすがのサン・ジュストも慌てた。待ってください。ロベスピエールさん、待ってください。

「事態はここまで深刻化してきているんですよ。もう和解は不可能というところまで来ているんですよ。それはロベスピエールさんだって、理解しておられるはずだ」

「もちろん、簡単に考えているわけではない。けれど、粛清が真の解決につながるとも思われないのだ」

「ならば、他に方法があるのですか」

「ある。連中の自発的な改心を促す」

と、ロベスピエールは宣言した。ああ、サン・ジュスト、自発的でなければ駄目なのだ。己の不明を恥じ、また誤謬《ごびゅう》を認めて、自ら徳の政治に邁進《まいしん》しようとしないかぎり、連中は変わらないのだ。

「粛清によって、仮に当座の政局を安定させられたとしても、それだけのことだ。フランスは変わらない。真の共和政も根づかない。また新たなエベール派が現れ、またダントン派が現れるだけだ。ことによると、フイヤン派やジロンド派までが、復活するかもしれない。だから、なんだよ、サン・ジュスト」

「だから、なんだというんです」

「心を変えるしかないんだ。全てのフランス人を教化していくしかないんだ。その点に関していえば、私は楽観しているよ。ああ、最高存在《エートル・シュープレーム》の信仰は、遠からず全土に浸透していくものと確信している」

「そ、それはそうかもしれませんが、時間が、ええ、時間がかかります。フランス人の教化を否定するつもりはありませんが、それは何年、いや、何十年とかかる大事業だ」

「かかってよいのじゃないか」

「失礼ながら、この政局を制するには、あまりに悠長な話に感じられます」

「その悠長な話が、今や許されるのじゃなかろうか」

サン・ジュストは意味が取れなかった。なのにロベスピエールのほうは大きな笑顔で、ぽんぽんとこちらの肩まで叩《たた》いてきた。ああ、サン・ジュスト、君のおかげだ。

「フルーリュスの戦いで、フランス軍は決定的な優位を確保した。外の戦争に勝利して、今のフランス人には心に余裕が生じているのだ。自発的な改心に時間がかかるにせよ、それくらいは許されるのじゃなかろうか」

清々《すがすが》しくもある口調で述べてから、ロベスピエールは窓辺に移動した。そよぎ入る風があったか、ふと目を細めたままに、遥《はる》か遠くをみる眼差《まなざし》になった。

「ペティオンが死んだそうだな」

「えっ、あ、はい」

「ビュゾと一緒に自殺して……。まったく、むごい話だ」

ペティオンはかつてのパリ市長、ビュゾも国民公会の議員で、どちらも最初は同志だったが、どちらも後にはジロンド派で知られるようになった政治家である。

事実として、逃亡していたペティオンとビュゾは、逃れに逃れ、流れに流れたジロンド県のサン・テミリオン郊外の洞窟《どうくつ》で、二人ながら自殺しているのが発見されていた。

収穫月八日あるいは六月二十六日の話である。これに先だち、同じサン・テミリオンで逮捕され、ガデとサルは収穫月二日あるいは六月二十日に、バルバルーは収穫月七日あるいは六月二十五日に、それぞれボルドーで処刑された。

ジロンド派の仲間の訃報《ふほう》を伝え聞いて、さらなる逃亡生活を悲観したというのが、恐らくはペティオンとビュゾの自殺の真相だと思われた。

ロベスピエールは続けた。

「ジロンド派の追放についても、私は後悔を禁じえない。いや、もちろん打倒はしなければならなかったが、それにしても議会で告発などされなければ、ペティオンだって、ビュゾだって、自殺などしないで済んだかもしれないのだ。自分から態度を改めて、晴れやかな顔をして、パリに帰ってきたかもしれないのだ」

「……………」

「ジロンド派にこそ自発的な改心を促したかった。が、あのときのフランスは切迫していた。八方ふさがりの内憂外患で、それだけの余裕がなかった。エベール派のときも、ダントン派のときも、そうだ。ゆえに性急な解決に頼らざるをえなかったが、それは次善の策でしかないのだ。やはり最善の策は……」

「難しいと思います。ええ、今のフランスにしても、あの腐れきった連中が自発的に改心するのを待つまでの余裕など、断じて与えられてはいません」

「だからこその脅しだよ」

ロベスピエールは指を立てた。得意顔だが、それこそ子供じみていた。ああ、私に告発の意図はない。それでも演説のなかでは、わざと激しい言葉を遣い、そうすることで告発を仄《ほの》めかす。自分が逮捕されるのじゃないかと思う者は、きっと恐怖に駆られるだろう。

「その恐怖が改心を後押しするのさ。自分の理想をみつめなおす、きっかけになるのさ」

「逆です。逆です。言葉だけの脅しなど、どこまで効くかさえ覚束《おぼつか》ない、それが仮に恐怖を与えられたとしても、人間は恐怖で改心なんかしません。それどころか、追い詰められて、ますます反発するだけです。疑心暗鬼も広がります。それこそ自分が逮捕されるのじゃないかと、大した罪もなく、したがって告発の対象にならない輩《やから》までが不安を抱え、その不安ゆえに我々の敵と組むことになりかねない」

実際のところ、あれだけの演説を打ちながら、ぐずぐず告発しないでいれば、今のうちしかないぞと、政敵にクー・デタを勧めるようなものだった。

「うむ、パヤンにも同じことをいわれた」

ロベスピエールが出したのは、パリ市の第一助役の名前だった。

6――後悔

「不安を広げないために、誰を告発し、誰を告発しないのか、はっきりさせるべきだというのだ。より具体的な進言として、フーシェ、タリアン、フレロン、バラスというような、責められるべき乱行が明らかな地方派遣委員だけ処罰してはどうかとも」

「達見と思われます」

答えながら、サン・ジュストは心に一筋の光が射したように感じた。さすがロベスピエールに見出《みいだ》された切れ者だけのことはある。ああ、パヤンはいい線を出してきた。

地方派遣委員だけ処罰されれば、他は安心することができる。いや、ことによると、改心さえ考えるかもしれない。実際に粛清が行われれば、それが見せしめになるからだ。自分も殺されたくはないと思えば、少なくとも上辺《うわべ》は身を慎もうとするのだ。

本当の改心までは促せなくても、時間を稼ぐことにはなる。その間に共和国を確立して、革命を完成させてしまえばよい。

「ええ、賛成します。ええ、ええ、私もパヤンの意見を支持します」

「なんの話だね。ああ、いや、パヤンには確かに進言されているが、それを容《い》れるつもりはない。だから、私は誰を告発するつもりもない」

「そんな馬鹿な……。あの派遣委員どもは、処断を躊躇《ちゅうちょ》するべき相手じゃありませんよ。ええ、政見が違うとか、政権を流動化させるとか、そうした意味での反革命ではない。不当徴税によって公金を横領したり、不正裁判によって大量虐殺に手を染めたり、奴《やつ》らは単なる犯罪者なのです」

「それでも、だ。あくまで自分で目覚めてほしい。できれば自首してもらいたいし、それが無理なら議会が自らの意思において、敢然と告発に踏み出してほしい」

「あんな保身ばかりの議会に、なんの期待ができるというのです」

「だから、自発的な改心だよ。あからさまな犯罪行為だけは看過できないと、義憤に駆られるようになれば、それこそ我々が提唱してきた徳の政治の勝利ではないか」

「しかし、そんなのは夢想だ」

叫びながら、サン・ジュストは頭を抱えた。本当に頭を抱えて、途方に暮れた。なんてことだ。なんてことだ。さすがのロベスピエールさんも覚悟を決めたかと思いきや、こんな夢想にしがみついているばかりとは、なんてことだ。

自発的な改心など夢想、すでにして理想ですらなかった。それくらいロベスピエールさんにもわかるはずだと呟《つぶや》くほど、サン・ジュストの胸奥《きょうおう》に強く立ち上がる疑念があった。あるいは言い抜けなのか。虚《むな》しい空論と知りながら、ただ口実として使っているのか。

——どうでも告発を避けるための……。

ほとんど恐怖にも近い嫌悪感を覚えていることは、かねて承知の話だった。が、そこにロベスピエールが固執するかぎり、事態は絶望的なのだ。ああ、我々は勝てない。クー・デタを誘うだけ誘い、それに滅ぼされるしかない。

我々の敗北は祖国の敗北でもある。フランスは外の戦争に勝利しても、内の政治に敗れ去る。共和国は揺らぎ、革命は頓挫《とんざ》する。

——あんな腐った連中には、政治の理想などないからだ。

ダントン派の残党は金持ち中心の政治に邁進《まいしん》するだけだ。エベール派の残党とて、自分たちが貧しいうちは金持ちたちの横暴を声高《こわだか》に責めるものの、自分たちが富裕に成り上がることは否定しない。いいかえれば、已の自由を訴えるだけで、皆の平等には配慮が薄い。

——真の社会革命を遂《と》げうるのは、我々だけだというのに……。

サン・ジュストは動いた。窓辺のロベスピエールにずんずんと迫りながら、同時に悲鳴のような声を上げずにはいられなかった。どうしてなのです、ロベスピエールさん。

「どうして、こうなってしまうのです」

声が外に洩《も》れたのか、ブラウンが吠《ほ》え出した。中庭で飼われているロベスピエールの愛犬だ。窓辺に佇《たたず》んでいた飼い主も、ハッとしてこちらに目を向けていた。

「サン・ジュスト、君の不満はわからないではない」

と、ロベスピエールは受けた。ああ、君は私より多くを求めている。一切の金持ちは認めない。全てのフランス人が等しく小市民であるべきと考えている。その理想を実現するためには、自由の制限もやむなしとする。

「共感できないわけではない。しかし、私が考えているのは、もっと手前の社会革命だ。金持ちの富は、その一部が貧しき人々のために使われなければならない、否《いや》、はじめから社会のために使われる分が留保されなければならないと、そこまでの話なのだ」

「はぐらかさないでください、ロベスピエールさん、話をはぐらかさないで」

「はぐらかしてはいない。徳の政治といって、確かに君が理想とするところまで、改心できる人間は少ない。だから夢想に感じられ、無力感にも捕われてしまうのだろうが、私が考えているところまでなら、十分に見込める……」

「同じです。私の絶望は同じです。というのも、結局のところ、あなたはダントンに捕われているのです」

「…………」

「誰も告発できないのは、そのためです。ダントンに捕われているのです。ええ、理想まで割り引いてしまうのも、そのためです。ダントンに捕われているのです。デムーランさんに捕われているのです」

後悔のあまり、誰も告発できなくなったのです。浴びせられるまま、ロベスピエールは言葉がなかった。驚きに瞠目《どうもく》するならまだしも、気まずそうに顔を伏せて、これでは図星と認めたも同然だった。

やはり、そうだ。ロベスピエールの心の傷は大きかった。癒《い》えようもないくらいに大きかった。その痛みで告発に及べなくなったばかりか、自発的な改心などに本気で期待をかけているとすれば、どれだけ周到な理屈を述べられようと、すでに壊れているとみなさなければならない。

ああ、革命家マクシミリヤン・ロベスピエールは壊れた。ダントン派の処刑を境に、その精神が崩壊した。

──そうなのか。

問うたそばから、反駁《はんばく》が噴出する。そんなことがあってたまるか。さらに肉薄していきながら、サン・ジュストは左右の手で、相手の小さな肩をつかんだ。

「駄目なのですか。クートンでは駄目なのですか。この私では駄目なのですか。ともに革命を戦っていきたいと願っているのに、私たちでは……」

涙に襲われたことが自覚できた。ああ、悔しい。こんなにも尊敬して、こんなにも信頼して、自分を犠牲に差し出せるとも、すでに家族なのだとも考えているというのに、ロベスピエールさんは向こうに奪われたままなのだ。

革命の始まりから共闘して、どれだけ強い絆《きずな》があるのか、それは知れない。が、ダントンも、デムーランも、もう死んでしまったのだ。どれだけ縋《すが》りついたところで、もう何の助言も、何の協力もくれないのだ。

――それでも、向こうがいいというのか。

あの亡霊どもに奪い去られたとするならば、ロベスピエールが示している一連の行動は、あるいは自殺と解釈するのが正しいのかもしれなかった。

誰も告発しない。ただ反感と不安だけを煽《あお》り立て、クー・デタを起こさせる。そうして自分を断頭台に運ばせて、ダントンやデムーランと同じように死にたいと考えているならば、まさに自殺だ。ああ、紛《まぎ》れもない自殺だ。誰がみたって、そうだ。

サン・ジュストが悔しいのは、それならばとロベスピエールを切り捨てられないことだった。このひとは革命の魂だからだ。いや、革命そのものだからだ。この美しい宝なくしては、フランスは立ち行かない。薄汚れた輩《やから》の好餌《こうじ》にされて、滅びてゆくしか仕方がない。

――だから、返せ。

と、サン・ジュストは心に叫んだ。同時に自分の身体《からだ》が、ぐらりと揺れたように感じた。また眩暈《めまい》か。あるいは頭がクラクラしているのか。なんだか目まで、ぼやけてきたではないか。

これは汗か。汗が目に入ったのか。なるほど、暑い。夏も盛りに近づいて、堪えがたいくらいに暑い。だんだん意識が朦朧《もうろう》としてきて、なにがなんだかわからない。ただ、これだけは譲れない。ロベスピエールさんを返せ。俺《おれ》たちの手に戻せ。ああ、絶対に渡さない。誰にも渡したくない。

「だから、こちらに来てください」

サン・ジュストは引き寄せた。ぐいとロベスピエールの身体を引き寄せた。

7——衝動

犬が吠《ほ》えていた。なにか異様な気配を察知したということか、ちょっと普通でない吠え方だった。

気がつけば、むっとして暑苦しい気配に捕われていた。そう感じさせるほど、サン・ジュストは間近だった。というより、もう一センチメートルの隙間《すきま》もない。ぴったりと密着して、ああ、そうだ。これは、そういうことなのだ。

いきなり唇を塞《ふさ》がれたとき、ロベスピエールは何が起きているのか、それすら理解できなかった。

が、背中に回された左右の腕で、ぐっと抱きしめられる段になって、ようやく意味の端なりともつかめた気がした。ああ、これはダントン式の抱擁《ほうよう》とは違う。決して力任せでなく、ずいぶん優しい。つまりは性的な意味を持つ営みだ。

——男同士で……。

それは禁忌《きんき》の振る舞いだった。少なくとも古いキリスト教の教えでは、そうだ。最高存在《エートル・シュープレーム》の信仰にあてはめれば、どういう扱いになるのか。そこまでは考えたこともないくらい、ロベスピエールにはまるで想定外の、全く未知の世界でもあった。

――怖い。

そうやって、たちまち身を竦《すく》めるのが、あるいは本当だったかもしれない。元来が臆《おく》病《びょう》だからだ。政治的な思想信条はといえば前衛的で、恐れ知らずな面さえあるが、こと肉体に関するかぎりは臆病なのだ。小男ゆえになんにつけ自信が持てず、それが約束事であるかのように、さておき逃げてしまうのだ。

が、このときは逃げなかった。息が苦しいと思うまで、じっとして唇を吸われ続けた。身体《からだ》に力が入らなかった。総身を捕えていたのは、あるいは自棄《じき》だったかもしれない。ああ、どうでもよい。私など、どうなっても構うものか。

かえって堪えがたいのは、サン・ジュストの身体を押し返さなければならないことだった。しんどい。つらい。面倒くさい。そう感じてしまうほど、四肢に力が入らない。

――疲れた。

政治に疲れた。革命に疲れた。人生に疲れた。最近のロベスピエールは、ひとりになると、ぐったり安楽椅子《あんらくいす》に沈みながら、そうした呟《つぶや》きばかりを際限なくするようになっていた。

だらしない。みっともない。情けない。そう思えるだけの気概も僅《わず》かには残りながら、それでも立ち上がるだけの気力が湧《わ》かない。ましてや、すっかり身体を束縛された後となっては、もう抵抗しようとは思わない。絡みつくような長い腕を払わなければならないと考えるだけで、億劫《おっくう》に感じられて仕方がない。

重ねられた唇のぬめりだけ意識しながら、ロベスピエールは他人事《ひとごと》のように、ぼんやり思いを巡らせるだけだった。

——男同士で……。

ないことではない。それは何かの機会に何度か耳にしていた。僧院の修道士たちには珍しくもないのだとか、古代ローマの世界では割に普通の関係だったのだとか、この現代においても耽《ふけ》る男は実は少なくないのだとか。

解《げ》せない話でもなかった。同性の間にも、友情という高貴な紐帯《ちゅうたい》がある。尊敬、信頼、憧憬《しょうけい》というような感情まで織りこみながら、それが極限の昂《たかぶ》りに達したとき、なにかの拍子で肉体の衝動に転じたとしても、さほど不思議なことではないのかもしれない。

実際のところ、気づいていないではなかった。サン・ジュストが寄せてくる傾倒には、ちょっと普通でないものがあった。ある種の理想を投影してか、こちらを美化しすぎる嫌いさえないではなく、それはロベスピエールが面映《おもは》ゆさを覚えてしまうほどだった。

それというのも、すでにしてサン・ジュストは特筆するべき個性だった。独特の冴《さ》えをみせる弁舌の才あり、物怖《ものお》じしない抜群の行動力あり、折れず曲がらず鉄さながらの意志の強さがありと、未完ながらも大器であることは疑いない。

それが自分に対しては、一途《いちず》ともいえるくらいの慕い方なのだ。最初に手紙をくれたときから今日まで、変わらず貫いてきているのだ。

――その感情が高じたならば……。

どうするのかは、わからない。なにをしたらよいのか。あるいは、されたらよいのか。ことによると自尊心ごと衣服を奪われ、貧弱な裸を暴かれてしまうのかもしれないが、それとても仕方がない。サン・ジュストが望むのなら、ロベスピエールとしては何も拒まないつもりだった。

実際のところ、嫌らしい気がしなかった。こんなに熱くなっているのに、立ちこめる体臭とて思いのほか少なかった。そのへんの女が、それこそ食事を支度するエレオノール・デュプレイなどが、ほんの擦《す》れ違いで鼻孔に届ける、甘く、ときに饐《す》えたような体臭に比べれば、ほとんど無臭であるとさえいえる。

――やはり、そうだ。

と、ロベスピエールは思った。サン・ジュストが望んでいるのは、形としては不潔な肉体の営みでも、その本質としては崇高《すうこう》な精神の営みなのだ。それとして望まれたのなら、私には拒むことなどできないのだ。

あっさり観念できるのは、これまでだって常に望まれ続けてきたからだった。

——ああ、いつも望んでくる。

こちらが考える以上を欲する。サン・ジュストには妥協もない。後ろに引き返すこともしない。ルイ十六世の裁判でも、ジロンド派の追放でも、風月《ヴァントーズ》法の制定でも、エベール派、ダントン派の粛清でも、ひたすらに突き上げて、どんどん前に進ませようとするばかりだ。

唇が離れた。まだ間近であるとはいえ、ようやく相手の顔がみえた。

サン・ジュストは涙ぐんでいた。ああ、純粋なのだと、ロベスピエールは得心した。

無茶だと閉口しながらも、いつも容《い》れざるをえなかったのは、この若者の思いが純粋だったからなのだ。革命をかねて思い描いていた先まで進めてしまったのも、あるいは逡巡《しゅんじゅん》を断ち切りながら、エベール派、ダントン派と粛清したのも、それゆえの話だったのだ。

——もはや、いじらしいばかりではないか。

だから、拒めなかった。だから、応《こた》えた。だから、自分さえ曲げた。この若者こそロベスピエールにしてみれば、あるべきフランス人民の象徴、あるいはフランスそのものだったのかもしれない。

──美しきフランス……。

長い睫《まつげ》に涙の玉が絡んでいた。サン・ジュストは、まさしく女のような美貌《びぼう》の持ち主だった。ああ、美しい。それは透明な美しさだ。どこもかしこも冴えて、微塵《みじん》の濁りも感じさせない。清潔感に溢《あふ》れて、ああ、なるほど臭《にお》いなどないはずだ。

──リュシル……。

理想の女が一瞬みえた。ロベスピエールは心臓を一握りされたように感じた。もう直後には、ひどく慌てざるをえなくなった。どんどん股間《こかん》に集まる熱があったからだ。ああ、これは欲望だ。私にも欲望がある。それを誰かにぶちまけたい衝動とて激しく疼《うず》く。事実、ロベスピエールは最近になっても、下腹を鋭く尖《とが》らせながら、想像することがあった。あのとき、あのままリュシルを抱いていたならと……。差し出された青白い乳房を唾《つば》と一緒に唇に啜《すす》りながら、指の跡が残るくらいの乱暴な手つきで、豊かな尻の肉塊《かい》をつかみあげていたならと……。隠された秘所までを無慈悲に大きく暴きながら、滅《め》茶苦茶《ちゃくちゃ》に壊すくらいの勢いで、凌辱《りょうじょく》するに及んでいたならと……。

「だから、駄目だ」

ロベスピエールはとっさに右の肘《ひじ》を上げた。鼻先に突き出される格好になりながら、サン・ジュストは後退するしかなかった。

8——拒絶

蛇さながらの長い腕も、あっけなく解《ほど》かれた。そうした全てを問答無用に強《し》いたのは、拒絶された者の傷心であり、絶望であるはずだった。ああ、わかる。この私にだって、それくらいの経験はある。

それが証拠に美しい若者を捕えていたのは、らしくないほどの赤面と狼狽《ろうばい》の相だった。

「あの、その、す、すいませんでした。いや、違うんです、ロベスピエールさん。なんというか、その、そういう嗜好《しこう》があるではなくて……。こんなこと初めてだというか……。どうして、こんな真似《まね》をしたのか、自分でもわからないくらいで……」

「いいんだ、サン・ジュスト」

「けれど……。すいません、本当にすいません」

「だから、君が悪いわけではない。謝らなければならないとしたら、それは私だ」

ロベスピエールは窓辺を離れ、かたわらの丸椅子《まるいす》に腰かけた。書棚の高いところのものを取るため、普段から置いている丸椅子だが、そこから立ち尽くすままの相手に続けた。

「ああ、サン・ジュスト。できることなら、受け入れたかった。けれど、どうしても受け入れられなかった。それというのは……」

「当たり前です。ええ、こんなこと、当然です。ええ、ええ、私とて、どうかしていました。いや、きっと今日の暑さのせいで、どうにかなってしまったんです」

「そんなことではない。君がおかしいわけではない。ああ、サン・ジュスト、これは君の問題ではなく、この私の問題なのだ」

ロベスピエールは断言した。まだ濡《ぬ》れている唇を指先で拭《ぬぐ》いながら、ほぼ同時に自問に駆られた。どうしてだろうと。あのときも今と同じに拒絶して、どうしてリュシルを抱かなかったのだろうと。

「なんてこと、ああ、なんてこと。ロベスピエールさん、あなた、どうしようもないひとだわ。この世に二人といないくらい、どうしようもないひとだわ。おわかりになって。あなた、残酷な真似をしたのよ。だって、もう助かる道がなくなってしまったんだもの」

そう責めた女の言い分は、恐らくは正しかった。あのときリュシルを抱いていれば、カミーユは助かったに違いない。ダントンだって、フィリポーだって、ドラクロワだって、断頭台に上がることはなかった。誰よりリュシルが死なずに済んだ。他でもない、そのように自分が奔走しただろうからだ。

その身体《からだ》の奥底に白濁をぶちまけさせてもらったという、ある種の借り、あるいは引け目の感情が生じるだろうことは、ロベスピエールとて想像できないではなかった。とすれば、借りを強いられ、面倒を背負わされることが嫌だったのか。

――違う。

ロベスピエールは、むしろ奔走したかった。ダントンを、カミーユを、誰よりリュシルを救えるのなら、どんな労苦も惜しまなかった。そうするための口実を、最後の最後まで探していたようなところさえあったのだ。

面倒を厭《いと》うたからとは考えられない。

――とすると、恐れたのか。

あまりに不潔な感じがして、女という存在を恐れたのか。あるいは恐れたのは、リュシルに軽蔑《けいべつ》されてしまうことか。あんなに立派なことを演説しているのに、結局あなたも欲望の塊《かたまり》でしかないじゃないかと、見下げられたくなかったのか。あるいは相手を満足させられない非力を、笑われたくなかったのか。

ありえる、とロベスピエールは思う。が、それと同時に思うのは、同じ恐れも真に恐れたのは、自分の欲望そのものだったかもしれないと。

一度リュシルを抱いてしまえば、それきり肉欲に溺《おぼ》れてしまう自分を、どこかで予感していたのか。受け入れてもらうためなら、なんでもする。金も払えば、宝石も与え、家だろうが、土地だろうが、望まれるがままに買い求め、できなくなれば公金まで横領する。あるいは傅《かしず》けばよいというなら、喜んで奴隷にすら成り下がる。終《しま》いに正義や信念まで曲げて、少しも省みなくなる。そうまでの業《ごう》の深さを直感して、とっさに戦慄《せんりつ》してしまったのか。直感で罪悪感を先回りさせながら、はじめから蓋《ふた》をしてしまおうとしたのか。

わからない。いずれにせよ、だ。

「私は自分の欲望を許せないのだ」

と、ロベスピエールは続けた。ああ、そうなのだ、サン・ジュスト。興奮していたのは、私だ。君の美貌《びぼう》に女をみてしまうが最後で、たちまち息を荒らげたのだ。

「汚いな」

「そんなことは……。なべて人間は汚いものです。ロベスピエールさんより、ずっと汚い」

「ああ、そうだな。私は他人の欲望だって、容易に許せるわけではない」

と、ロベスピエールは受けた。刹那《せつな》サン・ジュストが目尻を危うく張りつめさせたからではないが、さらに言葉を足していった。けれど、それは責めても仕方がない。それがあることは私とて理解するのだ。少なくとも理屈としては容認して、そのうえで人間を捕え、社会を考え、政治を行っていこうと努力している。しかし、自分の欲望だけは駄目だ。ほんの疼《うず》きを意識しても、たちまち忌避してしまう。

「自尊心が強すぎるということかな」

「大切なことです」

と、サン・ジュストは受けた。自尊心は人間としての品位を支えます。それをロベスピエールさん、あなたは常に失わない。余人が安易に流されようと、最後まで流されない。

「だから、あなたは革命の宝なのです。共和国を率いていくべき指導者なのです」

「しかし、そのフランスは楽しい国ではなさそうだな」

「面白おかしくある必要はありません。楽しさとは肉体の営みだからです。革命は反対です。専《もっぱ》ら精神の営みなのです」

「しかし、人間は精神だけでは生きられない。キリストじゃないが、この地上に生きるかぎり必ず受肉しなければならない」

「ええ、まずは食べなければならない。ロベスピエールさんの仰《おっしゃ》る通りですが、問題は食べたあとなのだと私は思います。適量で満たされるか、それとも手に入れられるかぎりの飽食に走るか、それを分けるのは個々の人間の精神の力なのじゃありませんか」

「だから、革命は精神の営みだと。いいかえれば、肉体を制する営みなのだと」

ロベスピエールは腕を組んだ。行き着くところは徳の政治だと、そう私も考えてきた。底なしの飽食に走るのではなく、かわりに持たざる者に分ける。それを徳目として立てる最高存在《エートル・シュープレーム》の信仰を浸透させる。あるいは富の再分配を制度化する。それが正しい道だと信じて来たが、最近どうにも馴染《なじ》まない気がしてね。

「少なくとも、このフランスという国にはね」

「どうして、そんな風に思うのです」

「元来が生きる力が勝ちすぎる国だからさ。それを精神の力で抑えつけるなら、安易な妥協は成立するまい。とことんまで、やらねばなるまい。隙《すき》をみせれば、逆に肉体のほうに支配されてしまうからね」

「正鵠《せいこく》を射ていると思います。だからこそ、徳の政治は恐怖政治《テルール》でもあるのです。だからこそ、ロベスピエールさんが必要なのです」

「なるほど、私が必要だな。最近なんだか生きている気がしないからな」

「………」

「我々が造ろうとしているのは、もしや死人の共和国なのだろうか。あるいは革命が行き着く果てには、無人の荒野があるのみなのか」

「そんなことはありません。ロベスピエールさん、そんなことは……」

「できれば、そう願いたいね。はじめから、こうじゃなかったような気もするからね」

と、ロベスピエールは引きとった。ああ、精神と肉体は、もっと均衡が取れていた。それが、どこかで狂いが生じた。精神が研《と》ぎ澄まされて、どんどん純化していくほどに、なにかが暴走を始めてしまった。

「あるいは、これはミラボーの忠告を無視した報いなのか」

もう少し自分のことを考える。もっと自分の欲を持つ。そうした偉人の戒《いまし》めを、故意に無視したわけではなかった。せいぜい心がけたものの、結局できなかったのだ。ああ、私には無理だった。いや、もっと早く気づけば、できたのか。

わからない。ひとつはっきりしているのは、もう時は過ぎ、後戻りはできないという不文律が重いことだけだった。

丸椅子に座るまま、ロベスピエールはふううと長く息を吐いた。小鳥たちの囀《さえず》りが聞こえていた。恐らくは中庭の木々に遊ぶのだろう。ふと気づけば、いつの間にやら犬は鳴きやんでいた。

9——合同会議

恐怖政治《テルール》はもう終わりにしてよい。かかる風潮が具体的な形として現れたのが、収穫月《メッシドール》二十六日あるいは七月十四日だった。

一七八九年、パリ総決起がバスティーユ要塞《ようさい》を陥落させた日付は、いわずと知れた革命の記念日である。かつては全国連盟祭など派手やかに行われたものだが、この共和暦第二年あるいは一七九四年のこの日については、政府は何を企画するでもなかった。

暦法が変わったために、せっかくの記念日も新しい日付のなかに埋没してしまったようにも思われた。が、蒸し蒸しした夏の不快な空気に、自《おの》ずからあの日の記憶を刺激されてしまうのか、パリの世人《せじん》はといえば、七月十四日を忘れてしまったわけではなかった。

それどころか、決定的と喜ばれている戦勝を祝うに、これ以上ない日付と考えた。

ブルジョワたちはそれぞれ屋敷の前に長い卓を並べ、ここぞと料理と酒樽《さかだる》を並べてみせた。御相伴《おしょうばん》に与《あずか》れば、サン・キュロットたちにせよ、苛々顔《いらいらがお》で食糧問題を論じるでも、金持ちどもの買い占めを罵《ののし》るでもない。ほろ酔い気分の陽気が誘う先というのが、ふわふわと愉快なばかりの楽観論だった。

「なるほど、フランスは戦争に勝った。すっかりベルギーを占領した。オーストリア人には、もう寝る場所もねえ。ましてやイギリス野郎なんて、さっさと船に乗って、島国に帰るしかねえ」

「ウィーンだの、ロンドンだのに綺麗《きれい》に追いはらっちまって、もう怖いものなんかねえってことだな」

「いえ、ありますよ、まだ怖いものが」

「もしか旦那《だんな》、パリのことといってんのかい」

「へへ、心配ねえ。恐怖政治なら、じきに幕引きになるさ。なにせフランスが革命的なのは、平和の到来までなんだからな」

「戦争が悪いとはいいませんがね。ただ不自由はいただけません。経済だけでも自由にしてもらえれば、皆さんにだって、もっともっと美味《おい》しいものをふるまえるんですがね」

かくて和気藹々《わきあいあい》たる酒宴が、二、三日、パリのいたるところで開かれた。それを見逃すことなく、収穫月二十八日もしくは七月十六日の演説で取り上げると、厳しく一喝《いっかつ》して捨てたのが、マクシミリヤン・ロベスピエールだった。

「革命政府に対する中傷、革命裁判所に対する中傷、精力的かつ誠実な愛国者に向けられる迫害は、そのような夜会と密接な関《かか》わりを持つ。陰謀家どもはそういう場に躍起になって潜りこみ、陰謀犯のための特赦を引き出そうともする」

ロベスピエールは精力的だった。が、相変わらずジャコバン・クラブでだけだった。収穫月二十三日あるいは七月十一日にはデュボワ・クランセ、収穫月二十六日あるいは七月十四日にはフーシェと、自分の意に沿わない会員には次から次と除名処分を下しながら、ここは自分の場所なのだと、以前に増して固執するようにさえみえた。

かたわら議会には、ちらとも顔を出さなかった。公安委員会の会議にも出席しない。いいかえれば、自分の聖域に籠《こも》りながら、誰に咎《とが》められることもない楽しい言葉を、ひたすら弄《もてあそ》んでいるばかりだ。その外側に待ち受ける、厳しいばかりの現実には、指一本ふれようとしないのだ。

――ロベスピエールさんは駄目だ。

やはり、駄目だ。少なくとも、今は駄目だ。サン・ジュストは唇を噛《か》んだ。ロベスピエールさんだけじゃない。この俺《おれ》を含めた一党の命運が危ういだけでもない。このままではフランスが駄目になる。

――政治が駄目になってしまう。

思うようにならないのは道理だった。

収穫月二十八日あるいは七月十六日に下された一喝こそ、無駄にならなかった。ロベスピエールの意を受けて、パリ市の第一助役パヤンが動き、酒宴の禁止と取り締まりに乗り出したからだが、それは例外にすぎなかった。

他の場所は動かない。国民公会《コンヴァンシオン》も、公安委員会も動かない。足を踏み入れることさえないのに、気に入るように動いてくれるわけがない。

——逆に動かされてしまう。

恐怖政治を終わらせたいという風潮は、国民公会のなかにも生まれていた。ブールドン・ドゥ・ロワーズ、ルコワントル・ドゥ・ヴェルサイユら、寛大《アンダルジヤン》派あるいはダントン派の残党がそれを助長したかと思えば、フーシェ、タリアン、フレロン、バラスら、弾劾《だんがい》が噂《うわさ》されている地方派遣委員たちは、自らの保身のためにそれを利用するのだ。

好きに工作されてしまえば、いかな革命の指導者とはいえ、安泰ではいられなかった。指導者の中の指導者と自他ともに認めるロベスピエールとて、例外ではない。恐怖政治に反感を覚える風潮が、決定的な動きに成長してしまう前に、それを潰《つぶ》さなければならない。

——強烈に締め上げなければならない。

とすると、その強力《ごうりき》を蓄えた手は、まさに恐怖政治の核として、権力の集中を進められてきた組織の他にはありえなかった。熱月《テルミドール》四日あるいは七月二十二日、サン・ジュストはテュイルリ宮に向かい、公安・保安両委員会の合同会議に参加していた。

集団指導体制は上下の区別がないという建前から、その日も委員は楕円《だえん》の卓を囲んでいた。上下がないというならば、もっと和気藹々として然《しか》るべきだったかもしれないが、事実として面々は概して厳しい表情だった。

無駄な私語も聞こえてこない。重い溜《た》め息の気配ばかりが、うるさく感じられるほどである。

空気は硬い。緊迫しているときさえいえる。強《し》いて柔らかな笑顔を作っているのが、ひとり皆に話を続けている人物、ベルトラン・バレールだった。

――ロベスピエールさんは駄目だ。

そう看破するや、サン・ジュストは一番に走った。精力的な議員活動で頭角を現し、公安委員会の一席を占めるバレールは、かねて中道派の論客で鳴らしてきた。ジロンド派よりは山岳《モンターニュ》派に近いといわれたときも、山岳派のなかでもダントン派に近いとみなされたときも、なお一線を画しながら、その中道の立場を今日まで貫いてきている。

いうまでもなく、他の中道派の議員たちに対しても、大きな影響力を持つ。

そのバレールが今回はロベスピエール寄りの言動を繰り返していた。

「人民の利益、いや、自身の安全に鑑《かんが》みたときであれ、人民の代表たちは国内から一掃するべきである。誰をといって、外敵に対する勝利を利用する輩《やから》を。自らの個人的な疲労を人民の疲労とみなし、自らの不安な意識を人民の意識とみなすような輩を。かつまた、そうした輩が企《くわだ》てる不道徳な謀議や、親殺しにも等しい陰謀を」

恐怖政治の終息を訴える声を戒《いまし》める発言は、収穫月九日あるいは六月二十七日の議会におけるそれのみには留《とど》まらなかった。収穫月十六日あるいは七月四日にも繰り返され、そのときまでには言葉遣いも、いっそう激越になっていた。

「もし今日に国外の敵と和解すれば、もう明日には国内の敵が諸君らを攻め立て、仮《か》借《しゃく》なく皆殺しにしようとするだろう。そんなことを許してよいのか。否《ノン》だ。断固として否だ。であるからには、前にも訴えてあるように、敵を滅ぼせの一語に尽きるのだ」

どういう意図からだったのか、それは知らない。政治的配慮というのでなく、端的な政情判断だったかもしれない。いずれにせよ、それを聞き逃すことなく、サン・ジュストは頼みにした。

どうでもやらなければならないことがあった。バレールに働きかけたのは、公安・保安両委員会における和解の橋渡しだった。

10——妥協

——和解を果たさなければならない。

それがサン・ジュストの結論だった。和解を果たして、公安・保安両委員会を一枚岩の組織にしなければならない。一致団結しさえすれば、土台が委《ゆだ》ねられた大権に逆らえる者などいないのだ。国民公会《コンヴァンシオン》の不穏な動きとて、難なく抑えることができるのだ。

そう考えて動き出せば、一片の悔しさを覚えないわけではなかった。実際に和解の話が進められている今も、サン・ジュストは苛々《いらいら》して仕方がなかった。

なんとなれば、バレールの顔をみるがよい。いかにも柔和で、いかにも穏健で、かてて加えて、いかにも明るい。決して極端は口走らないと思わせる安心感があり、それが周囲に話を聞かせる秘訣《ひけつ》になっているのだろうが、見方を変えれば中途半端なニヤケ顔なのだ。

——和解というが、つまるところは妥協だ。

中道派の論客といえば聞こえはいいが、バレールの発言は普段から妥協に流れがちだった。ジロンド派とも、ダントン派とも一線を画すというのは、自らが依《よ》って立つ何か強固な信条があるというのではなく、その場を丸く収められる落としどころばかりを、ひたすら探索するかの趣だからなのだ。

そのバレールに和解の仲介を頼む。生ぬるい現状維持に甘んじる。

――俺《おれ》らしくない。

もっと暗く、そのかわりに決然として、悲壮《ひそう》でさえあることが、この俺の理想なのだ。サン・ジュストには妥協という言葉そのものが、屈辱的に感じられた。利口とか、妥当とか、その程度の言葉ではとてもじゃないが誤魔化《ごまか》せない、ひどく汚らしい印象さえあった。

自分が美しくいられないことは仕方がなかった。ああ、汚れることを厭《いと》うまい。これまでも自分に言い聞かせてきたが、今にして開眼させられたところ、これまでは屈辱でもなんでもなかった。きちんと目標があり、理想が掲げられていたからだ。それを貫くための必要悪であるならば、愚かしくも汚れるほどに自分は誇らしいばかりだったのだ。

――本当の屈辱は、なまじ賢い、その無様《ぶざま》さのなかにある。

その妥協を望む。執拗《しつよう》に説かれて、渋々ながら容《い》れるのでさえなく、自ら望んで働きかける。俺らしくない。俺らしくないが、それも仕方がない。心に吐き捨てながら、サン・ジュストはやはり堪えるしかなかった。ああ、ロベスピエールさんを守るためには仕方がない。破滅を回避するためには仕方がない。

——なにより、俺は罰せられねばならない。

ロベスピエールさんを、すんでに汚《けが》すところだった。いくら敬愛の念が極まったあげくの突発的な衝動だったとしても、おぞましい欲望の捌《は》け口《ぐち》にしようとした事実は、容易に許されるものではない。ああ、汚物受けなら、それ用のものが別にあるではないか。

事実、サン・ジュストはすぐにテレーズ・ジュレ・トーランを呼び出した。このブレランクール時代からの情婦を無理にも床に這《は》いつくばらせながら、後ろから繰り返し大きな尻を犯すほど、静かに泣かずにはいられなかった。

どうして俺は、こんなにも汚いのだ。どうして汚いものを備えて、生まれてきてしまったのだ。己を貶《おとし》めるだけのものなら、いっそ男根など切り落としてしまおうか。そうした思いが切実に尖《とが》るほど、哀《かな》しくて、悔しくて、情けなくて、涙が溢《あふ》れて仕方なかった。

「それでは、あちらからも和解の条件を提示していただきましょう」

バレールが話の水を向けてきた。ハッとしながら、サン・ジュストは顔を上げた。ああ、そうだ。ぼんやり物思いに捕われている場合じゃない。

無理にも自分を取り戻すため、サン・ジュストは楕円《だえん》の卓を囲んでいる面々を、一度ゆっくり見渡した。それから、切りこむような調子で、鋭く声に出した。

「風月法《ヴァントーズ》の施行だ」

革命犯罪人の財産は没収され、貧民に分配される。かかる骨子で定められた風月法は、ロベスピエールやサン・ジュストが進めんとしている社会革命の構想を、法律の形で具現化したものだった。

政治革命だけでは足りない。自由のみならず、万人の平等をも実現しようと思うなら、富は再分配されなければならない。所有権を制限するにせよ、所有権そのものを否定するにせよ、風月法の施行が社会革命の第一歩であることに変わりはない。

――その施行が滞《とどこお》っている。

故意に停滞させられている感さえ否《いな》めない。それがロベスピエールやサン・ジュストの不満、さらに公安・保安両委員会の他の面々に対する不信の、大きな因《もと》のひとつになっていた。

「和解の条件として、風月法の施行を実現してほしい」

と、サン・ジュストは続けた。後を受けたのは、事前に打ち合わせてあるバレールだった。ええ、具体的には人民委員会の設立ということです。

「嫌疑者の選定とその財産の分配を検討する人民委員会は、法文では全部で六つと定められておりました。それが現状では二委員会しか設立されておりません。まずもって残りの四委員会を設立し、速やかに作業を開始することが、市民サン・ジュストが求める和解の条件というわけです」

「いや、さらに四委員会の設立を求める。こちらは地方の事務を処理するために、各地を巡回するべく設立される別の委員会だ」

「そうした市民サン・ジュストの提案をあわせ、新たな法律として文章化してみたものが、これになります」

バレールは持参の紙挟みから、紙片の束を取り出した。楕円の卓に流して全員に配るのは、すでに印刷に付されている法案文の写しだった。

一同は渡された紙片の吟味を始めた。形ばかりで読み飛ばすというのではなく、変わらず難しい顔をしながら、一字一句をきちんと読んだようだった。

「異議なき場合は、御署名をいただきたく」

頃合《ころあ》いを計ると、バレールは今度は原本を回した。楕円の卓を一周して、再び手元に戻ってくると、それを読み上げることもした。

「公安委員会からは不肖バレール、市民コロー・デルボワ、市民ビヨー・ヴァレンヌ、市民カルノ、市民プリュール・ドゥ・ラ・コート・ドール、市民サン・ジュスト、市民クートン、市民ランデと署名があります。保安委員会からはデュバラン、ルイ、ラヴィコントゥリ、アマール、ヴァディエ、ヴーラン、モワーズ・バイルと署名をいただきました」

サン・ジュストも強く頷《うなず》き、楕円の卓に宣言した。

「出席者全員が署名した。国民公会に提出するのに十分な……」

「十分じゃない」

いくらか乱暴な遮《さえぎ》り方で、正したのはビヨー・ヴァレンヌだった。後にコロー・デルボワが続いた。ああ、十分じゃないな。法案として議会に提出できる、できないの問題じゃなく、これを和解が果たされた印にするというならば、なるほど十分じゃない。

「地方に派遣されている委員は止《や》むなしとして、パリにいる全員の署名が欲しいところだ」

「ああ、現状では公安委員の九人中八人の署名しかない」

「市民ビヨー・ヴァレンヌ、それに市民コロー・デルボワ、全体なにがいいたいのです」

「ロベスピエールは承知しているのか」

ビヨー・ヴァレンヌのほうから切りこまれて、サン・ジュストは一瞬だけ息を呑《の》んだ。その失態を帳消しにしようと、直後に始めた早口にせよ、我ながら突かれた弱みを無理にも隠そうとする感が否めなかった。

「いや、ロベスピエールさんは問題じゃない。仮に不承知だとしても、本合同会議の目的は、あくまで公安・保安両委員会の和解なのであって、個々の委員の……」

「ロベスピエールが参加しない和解に、なんの意味がある」

「ああ、コロー・デルボワのいう通りだ。ロベスピエールこそ革命の指導者だ。ほとんどのフランス人がそう考えている現状において、ロベスピエール抜きではどんな和解も、いや、それが決裂であったとしても意味をなさないのじゃないか」

「………」

「ロベスピエールにも承知させてほしい」

「いや、ロベスピエールも会議に参加するべきだ」

「理屈はわかります。ただ急にいわれても……」

「ならば、明日だ、サン・ジュスト。明日、熱月《テルミドール》五日に再度の合同会議を開こう。そこにロベスピエールも連れてきてくれ」

サン・ジュストはバレールに目を向けた。例の笑顔で受けてくれたが、助け船を出してくれるわけではなかった。

「もっともな話だと思うよ、市民サン・ジュスト」

「しかし……」

夏も盛りの一日だった。あまりの暑さに、サン・ジュストの額を大粒の汗が伝った。バレールは親身に道理を説くような口調だった。

「和解したいのだ。ビヨー・ヴァレンヌだって、コロー・デルボワだって、みんな和解したいから求めているのだ」

和解したい。その意欲は信じて間違いではないと思われた。なるほど、皆が公安・保安両委員会に属しているのだ。一枚岩となることで、この集団指導体制が維持されるなら、この場にいる誰にとっても好都合なのだ。

――だから、和解は容れられる。

そもそもが、そう踏んだうえでの働きかけだった。妥協そのものが、困難というわけではない。ここで和解することの得は、少し考えれば誰にでも理解できる。

「わかった」

一同に答えるや、サン・ジュストは席を立った。ああ、理解されない理屈ではない。誰が反感を抱《いだ》くという話でもない。ただグズグズしてはいられない。

11――和解

熱月《テルミドール》五日あるいは七月二十三日、マクシミリヤン・ロベスピエールはテュイルリ宮に足を運び、公安・保安両委員会の合同会議に出席した。同僚と口論に及んだ勢いで退室してから、およそ三週間ぶりの出席だった。

――なんとか……。

楕円《だえん》の卓で隣に並び、その横顔を盗みみながら、サン・ジュストはふううと長く溜《た》めた息を吐《つ》くような思いだった。

ロベスピエールは、やはり前向きではなかった。両委員会の合同会議に出席してほしいと、最初に話を持ちかけたときには、はっきり拒絶したほどだった。

「というのも、委員たちが和解することに、どれほどの意味があるとも思われない」

そう退けられても、サン・ジュストはあきらめなかった。事前にクートンを抱きこみ、そのうえでロベスピエールを取り囲み、左右から繰り返し説くことで、なんとか出席を承諾させたのである。

「ああ、わかった。こんな風に時間を浪費させられるのでは、それこそ堪《たま》ったものじゃない。一時間で済むというなら、テュイルリに行くのにやぶさかでない。ただ立ち会えばいいというのなら、それくらいは我慢しよう」

不機嫌な言葉を並べ、つまりは今もって渋々ながらの出席だったが、とにもかくにもロベスピエールは、委員会の楕円の卓に並んでくれたのだ。求められた和解の形は、もうこれで完全に整えられたのだ。

和解の条件は、前日までに全て出揃《でそろ》っていた。風月法《ヴァントーズ》の施行が快諾されたことは、もちろんロベスピエールにも伝えてある。つまりは形だけ整えられれば、もう話し合う議題もない会議だった。

「ということで、委員諸君、もはや我々の間には、ひとつの誤解もなくなったと思うが、いかがだろうか」

そうやって話をまとめようとしたのは、ベルトラン・バレールだった。

とたん拍手が起きた。楕円の卓を囲んだ面々は皆が揃えたような微笑で、あらかじめ打ち合わせていたのかと思うほどだった。穏やかな表情のまま、二言三言と左右に囁《ささや》き、あるいは嬉《うれ》しそうに頷《うなず》きながら、では、めでたし、めでたしと今にも席を立ちそうな気配すらある。

──ずいぶん急ぎ足だな。

サン・ジュストは思わずにいられなかった。とはいえ、とにかく先を急ぎたい、一刻も早く会議を散会したいと、焦りにすら駆られる皆の気分もわからないではなかった。

ロベスピエールは今も不服顔だった。卓上の染みをみつめているばかりで、一言も発することなく、もちろん誰とも目を合わせようとはしない。それは、ちょっとした刺激にも破裂しそうな自分を、必死に宥《なだ》めているようにもみえた。だから、皆の気持ちはわからないではない。ああ、俺《おれ》だって好んで腫《は》れ物に触りたいとは思わない。

──こじれる前に終わらせなければならない。

ロベスピエールが口を開き、妥協の余地のない異論を唱え始める前に、和解という結果ばかりを、さっさと持ち帰りたい。それが一同の思いであるはずだった。

なんとなれば、会議の内容など問題ではなかった。大切なのはロベスピエールが会議に参加したという事実であり、その事実をもって公安・保安両委員会は和解に達したのだと、国民公会《コンヴァンシオン》を、あるいはパリを、さらには全てのフランス人民を、納得させることなのである。

──やはり和解は望まれている。

それも切に望まれている。ならばと、サン・ジュストはあえて果敢な挙手に及んだ。

「なんでしょう、市民サン・ジュスト」

そう受けたとき、さすがのバレールも表情を曇らせた。サン・ジュストは構わず進めた。

「ロベスピエールさんを独裁者呼ばわりする一連の中傷についてだけ、正させてください」

「しかし、市民サン・ジュスト、それを今さら取《と》り沙汰《ざた》しても……」

「いや、市民バレール、取り沙汰するのではない。誰かを責めるつもりもない。ただ事実を確認しておきたいのです」

バレールは楕円の卓の面々を窺《うかが》った。ひとつ、ふたつ頷きを認めてから、こちらに目を戻してきた。

「わかりました。どうぞ、市民サン・ジュスト」

ありがとう。そう礼を述べてから、サン・ジュストは立ち上がった。

「まず了承していただきたい。ロベスピエールさんは独裁者ではないと。ロベスピエールさんを独裁者呼ばわりするならば、すでにして敵の手先であると自白するようなものだと。なんとなれば、ロベスピエールさんは独裁者になどなりえなかった。軍隊も、財政も、行政さえ、自ら掌握していたわけではないからだ」

「その通りだ」

素頓狂《すっとんきょう》な声さえ上げて、同意を表明してくれたのは、保安委員のダヴィッドだった。

ああ、ありえない。市民ロベスピエールが独裁者だなどと、土台ありえない話なのだ。

無言の頷きで、大画家が示した忠誠心に謝意を示してから、サン・ジュストは続けた。

だからこそ、あえて私は提案したい。

「今や悪は頂点に達している。諸々《もろもろ》の権力、そして諸々の意思は乱れ、完全なる無政府状態に近い。国民公会はフランスでは決して執行されない法ばかり、しばしば執行されようもない法ばかり通している。軍派遣委員は公《おおやけ》の財産と軍事的命運を、自らの気まぐれに従わせる。地方派遣委員は権力という権力を濫用《らんよう》し、勝手に法を作り、あるいはアッシニャ紙幣と引き換えにして現金を集めている。かかる政治的、法律的無秩序を、常態化させてよいのか」

一気に言葉を並べながら、サン・ジュストは一同を睥睨《へいげい》する勢いだった。ああ、よいわけがない。急ぎ正さなければならない。ならば、いかなる方法があるか。

「名誉と良心にかけて明かせば、私には公安の方法しか思いつかない。すなわち、権力の中央集権化だ。公安・保安の二委員会とは別な、独裁的な権力が必要なのだ。公権力の運用を引き受けられるだけの、天才の力と愛国心と寛大さを持ち合わせている、ひとりの男が必要なのだ」

合同会議の全員が固唾《かたず》を呑《の》んだ。何人かは本当に息もできない体《てい》だった。だからとて容赦してやるのではなく、サン・ジュストは真正面から投じてやった。

「ええ、その男とはロベスピエールさんしかいない。この方だけが国家を救えるのだ。ゆえに私は要求する。独裁官制度の創設を、是非にも検討していただきたい」

「…………」

「それは古代ローマの独裁官にその手本を求められる地位だ。共和政の時代に、いや、共和政の時代だったからこそ、祖国が深刻な危機に見舞われるときには必ず設置されたという、あの独裁官の地位だ。それを和解なった公安・保安両委員会は、明日にも国民公会に提案してほしい」

12——提案

　サン・ジュストは、そう新しい提案をなした。ああ、どのみち独裁者呼ばわりされるのなら、いっそロベスピエールさんを独裁官の地位に上らせたほうがよい。公安・保安両委員会の発議において、正式な法律として議会を通過させた暁《あかつき》には、公《おおやけ》に認められた晴れのポストということになるからだ。

　それを非難できる者などいない。仮にいたとしても、現段階で十分な権力を集中させているからには、非難の声など公安・保安両委員会がひとつ残らず握りつぶす。

　——その委員たちの反応はどうか。

　サン・ジュストの提案はバレールにさえ相談していない、まったくの不意打ちだった。実際、楕円《だえん》の卓には渋面《じゅうめん》が並んでいた。俄《にわ》かに強張《こわば》る座の空気を読むならば、独裁官の制度は大歓迎というのではない。が、はっきり反対する声とて、また容易には上がらなかった。

「検討してみましょう」

バレールが沈黙を破った。さすがに目が泳ぎ加減になっていたが、それも次第に落ち着いていく。ねえ、皆さん、いかがでしょうか。そうした問いに、しっかりした頷《うなず》きを返した者がいたからだ。

無言ながら、応じたのはカルノだった。カルノが応じれば、同じ軍事担当のプリュール・ドゥ・ラ・コート・ドールも反対しない。いや、公安・保安両委員会を通じて、みるみる了解の空気ができあがっていく。

これくらいの追加は呑《の》んでもらえるほど、すでに十分な手打ちがなされていた。和解の条件を出したのは、サン・ジュストだけではなかった。バレールを介して、向こうからも様々に求められていたのだ。

わけてもカルノである。個人的にも軋轢《あつれき》のあった相手は他に倍して癪《しやく》ながら、それだけに別して折れないわけにはいかない相手だった。

あげくの譲歩が、パリ国民衛兵隊の砲兵隊から特にロベスピエールを熱狂的に支持する諸街区《セクシオン》の四中隊を移動させて、この首都から遠ざけるというものだった。

カルノたちが危惧《きぐ》しているのは、パリの蜂起《ほうき》という事態だった。軍隊も、財政も、行政も握っていないとはいいながら、パリはロベスピエールの一声で直《ただ》ちに動く形勢なのだ。市長レスコ・フルリオ、第一助役パヤン、国民衛兵隊司令官アンリオが、揃《そろ》ってロベスピエールを支持するからで、これが盤石《ばんじやく》の構えをなしているかぎり、和解など考えられないという理屈だった。

もちろん、砲兵四中隊の移動で、直ちにパリを無力化できるわけではない。が、和解の意思表示としては、十分な意味を有する。現にサン・ジュストは、移動命令書に自ら署名を入れることになっていた。いいかえれば、和解の道筋から、もう簡単には外れられなくなった。

ちなみに命令書に署名を並べたのが、バレール、カルノ、そしてビヨー・ヴァレンヌである。だから、ああ、そうだな。市民ロベスピエールということなら、あるいは独裁官の制度も可決されるかもしれない。ああ、ああ、市民ロベスピエールであれば、私としても異存などない。

「我らは君の友達だ。なあ、ロベスピエール、いつも一緒に歩いてきたのだからな」

そうやって、ビヨー・ヴァレンヌも前向きな態度をみせた。

保安委員会の面々も反対しない。ルバやダヴィッドは無論のこと、アマール、ヴァディエ、ヴーラン、エリ・ラコストといった顔ぶれも、頷きを繰り返すだけである。

さらなる手打ちとして、サン・ジュストは警察業務に関する保安委員会の優越を認める旨を明言していた。公安委員会の警察局は、その監督指導を受ける形になる。

保安委員会は溜飲《りゆういん》を下げた。これまで保安委員会の意を受けてきたビヨー・ヴァレンヌとしても、自分の顔が立てられたことになる。

「………」

今度はサン・ジュストが戦々恐々となる番だった。和解のために支払わされた代償は、自身にとって屈辱的な妥協であると同時に、ロベスピエールに対する一種の裏切りでもあった。

もちろん、知らせていないわけではない。が、ロベスピエールは端《はな》からまともに取り合わず、その了解を明言したわけでもなかった。ああ、パリ国民衛兵隊砲兵四中隊の移動など、納得するはずがない。軍事顧問に貴族を抱えている、そんな軍隊は信用ならないと、カルノ批判を繰り返してきたほどであれば、頼みのサン・キュロットの兵力にパリを去られたいはずがない。かねて肩入れしてきた警察局が、従属的な立場に落とされれば、これにも怒髪天を衝《つ》く体になって、なんの不思議もない。

――腹を立てれば、独裁官など受けようとしないかもしれない。

独裁官を断ること自体は、さしあたり大きな問題にならないとしても、怒るままに和解そのものを否定されては堪《たま》らない。私抜きでやれなどと、また金切り声を張り上げられては、元も子もない。

――無難に切り上げるべきだったか。

やはり、さっさと散会に運ぶべきだったのか。後悔に傾いたところで、サン・ジュストは踏み止《とど》まった。しかし、独裁官のポストが創設されるならば、この和解は必ずしも後退ではなくなるのだ。少なくとも無様な妥協から、ひとつ抜け出すことになるのだ。注目はロベスピエールの出方だった。それは他の面々とて同じらしく、皆が小男の小さな口許《くちもと》をみつめていた。

しかして、ロベスピエールは口を開いた。

「名ばかりの独裁官では意味があるまい」

そう始められて、サン・ジュストは必死に頭を回転させた。名ばかりでは駄目だというのは、独裁官としての力の裏付けがほしいというのか。それは強制力のことか。警察力のことか。ああ、そうか、警察局の扱いを蒸し返すつもりなのか。あるいは武力のことをいうのか。国民衛兵隊の移動について、ここぞと非難の声を上げるつもりなのか。サン・ジュストは早口になった。誤魔化《ごまか》すつもりはなかったが、心のうちに多少の後ろめたさなりは働いたようだった。

「いえ、ロベスピエールさん、独裁官の権限については、これからの議論で徐々に具体化することになると思います。ええ、公安・保安両委員会の上に立ち、これを指導監督する立場なわけですから、なんの強制力も持たないということは……」

「力を与えられたいわけではない。独裁官として与えられたいもの、あるいは全員に証《あかし》を立ててもらいたいというべきかもしれないが、いずれにせよ、求めたいものは他にある」

「それは」

「信仰心だよ。本当に和解を望むのであれば、最高存在《エートル・シュープレーム》を信じると皆に誓ってほしい」

「しかし、そんなことをしても……」

「まさか無駄だといいたいのか、サン・ジュスト」

「無駄とはいいませんが、独裁官の権力に関係あるとは……」

「大いに関係あるさ。ああ、魂の不滅を認めると皆が宣言するのでなければ駄目だ。さもなくば独裁官の地位に就くことなど、少なくとも私には考えられない」

そう返されて、サン・ジュストは他の委員の目を気にした。ちらと横目で確かめると、皆は呆気《あっけ》にとられているようだった。

サン・ジュストは慌てた。あれ、どこかで話が飛んでしまいましたか。あるいは勘違いがあったのかもしれません……。

「勘違いでも、聞き違いでもない。だから、独裁政治の話だ。最高存在の信仰こそは、独裁政治の鍵《かぎ》なのだ」

「…………」

「無神論では困る。信仰を通じて、フランス人がひとつの家族になれないで、どうして独裁政治がうまくいくというのだ」

ロベスピエールは続けた。理性《レゾン》など崇拝《すうはい》しても、人間が歩むべき正しい道はみえてこない。とことん突き詰めれば、人間の本質は感情なわけだからね。どれだけ正しくみえたとしても、理性なんて信用ならないものだからね。

「ああ、人間に徳ある振る舞いを命じるのは理性でなく、むしろ感情のほうなのだ。その感情を正しく育《はぐく》むのが、信仰というわけなのだ。独裁官たるもの、もちろん健全な精神を有していなければならない。けれど、独裁官に統《す》べられる人民のほうだって……」

13——行方不明

公安・保安両委員会の合同会議は、バレールならびにサン・ジュストの二議員に、国《コン》民公会《ヴァンシオン》における経過報告を義務づけて散会した。

両委員会の動きを聞きつけ、一心に注目していた議員たちにすれば、お預けを食らわされた格好だった。が、じれったいと思う間もなく、同日の夕刻には、もうビヨー・ヴァレンヌが議会の演壇に立ち、両委員会に属する愛国者相互の和解を高らかに宣言した。

負けじと続いたのがバレールで、いくらか冗長な演説まで試みた。

「悪意を抱《いだ》いている者だけが、政府の内に分裂と不和があり、革命の指針に変節があると思わせようとしたのだ」

そう前置きしたあげくに、数日前にも陰謀が試みられた、軍隊に送られるべき火薬の荷が停止させられた、武器をこしらえるべき鉄工所の鞴《ふいご》が壊された、ビセートル監獄に脱獄の動きがあった、方々の工場で罷業《サボタージュ》が行われたと糾弾《きゅうだん》し、あげくの断罪を正当化したのだ。

「共和国において捕われている人民の敵どもを、時間をかけずに裁くべく、両委員会が講じた措置が執行される。そうして敵が絶えず共和国から奪わんとしてきた安泰を、すなわち堅牢《けんろう》なる共和国の力の表象である堂々たる静けさを、国民の手に取り返す」

国民公会は満場の拍手に包まれた。

四人の処刑も粛々として行われた。その熱月《テルミドール》五日あるいは七月二十三日に裁かれたのが「カルム監獄の陰謀」で、四十九人の被告人のうち、かつての憲法制定国民議会議長アレクサンドル・ボーアルネを含む四十六人が、即日の死刑執行となった。草月《プレリアール》法が非難され、恐怖《テル》政治《ール》の終息が叫ばれていたにもかかわらずだ。

――やはり和解は望まれている。

仮に本音は恐怖政治の終息を望んでいても、自身の無事さえ約束されれば、不本意な現状を受け入れられないわけではない。ああ、必ずしも妥協は嫌われない。己《おの》が理想のために、誰もが戦うわけではない。

――卑しい奴《やつ》らめ。

そう見下《みくだ》す思いもありながら、サン・ジュストには同調するしか術《すべ》がなかった。ロベスピエールが壊れかけているからだ。

己が理想に忠実は忠実であり、命がけで戦うことも辞さないは辞さないが、それにしても、あまりなくらいに現実がみえなくなっている。精神論を振りかざし、それで自らを律するに留《とど》まらず、周囲にも押しつけることができる、いくらか困難を伴おうとも、最後には容《い》れられるに違いないと、虚《むな》しい夢想に遊ぶ感さえ否《いな》めない。

――容れられるはずがないのに……。

変われない輩《やから》は殺してしまうしかないのに……。そうした持論は前と同じながら、サン・ジュストは動くわけにはいかなかったのだ。ああ、ロベスピエールさんが復調を果たすまでは、妥協に甘んじなければならない。今は博打《ばくち》を打てるときではない。

「ですから、隠さないで教えてください」

サン・ジュストは声を張り上げた。ロベスピエールさんは全体どこにいるのです。話さなければならないことがあります。重大な話です。それでフランスの政局が左右されるくらいの話なのです。ですから、隠さないで教えてください。

続けるほどに、汗が噴き出た。本当なら涼める頃だと思うほどに、苛々《いらいら》して仕方がない。

熱月七日あるいは七月二十五日も、夏季にして太陽が大きく傾く時刻になっていた。ロベスピエールに会わなければならない。ジャコバン・クラブを覗《のぞ》いて姿を確かめられなければ、そのときはデュプレイ屋敷に向かえばよいはずだった。

議会からも、公安委員会からも距離を置いて、もう他に居場所はないからだ。ロベスピエールは食堂で来客の相手をしているか、自室で書きものをしているか、いずれにせよデュプレイ屋敷にいるはずなのだ。

——それが、いない。

どこに行ったと家主に尋ねてみたが、モーリス・デュプレイは自分も知らされていないという返事だった。

もちろん、サン・ジュストは引き下がれない。自分にだけ伏せられているのではないかと、勘繰《かんぐ》らないではいられない。あるいは避けられているのかとも思うほど、デュプレイ氏を捕まえて、執拗《しつよう》に繰り返さないではいられない。

「ですから、隠さないで教えてください。ロベスピエールさんは全体どこにいるのです」

どれだけ問い詰めても、モーリス・デュプレイは答えてはくれなかった。困惑顔でなければ、ときおり閉口の素ぶりをみせるだけである。あるいは本当に知らないということか。

「それでもクートンさん、あなたなら知っているはずだ」

サン・ジュストは矛先を変えた。デュプレイ屋敷のもうひとりの下宿人は、その日も車椅子《くるまいす》で食堂にいた。戸口の騒ぎを聞きつけたか、ハンドルを回し回し、奥から姿を現してきたところだった。

いうまでもなく、クートンは一派の重鎮である。ロベスピエール、サン・ジュストと並べられて、三頭政治と論じられることもある。

「それがロベスピエールときたら、私にも行き先を知らせなかった。いってくるよの一言もなく、いつの間にか出ていった」

「クートンさん、おとぼけは止《や》めてください。これは真面目《まじめ》な話なんです。そんな、デュプレイさんと同じような言い抜けが、通用するはずがないでしょう」

「しかし、これが事実なのだ」

「いや、ありえません。常にロベスピエールさんの意を受けている、あなたともあろう御仁《ごじん》が、なにも知らされてないなんてことは」

「どういう意味だね、サン・ジュスト」

「代弁者に等しいという意味です」

そう言葉にすれば、そばから悔しさがこみあげる。少なくとも世人からは、代弁者だと思われている。そのクートンのせいで、せっかくの努力が水の泡だと思うからである。

それは熱月六日あるいは七月二十四日、つまりは昨日の話だった。夕刻からのジャコバン・クラブで、クートンは演説を試みた。

前日の熱月五日における公安・保安両委員会の和解を受けて、はじめこそ「祖国のために最大の犠牲を払う覚悟ができている、熱心で精力的な面々」を称賛し、「仮に個々の間に分裂があったとしても、施政の方針については断じて分裂していなかった」と、その一枚岩の団結を強調する言葉も吐いた。が、そのあとに、つけくわえてしまったのだ。

「国民公会が残しているのは、その手に共和国の富を握り、また同じ手から殺した無実の者の血を滴《したた》らせているような、五人ないしは六人の小悪党どもを、叩《たた》き潰《つぶ》すことだけだ」

14――腹づもり

かかるクートンの訴えは、サン・トノレ通りに鎮座する僧院の四壁の内には留《とど》まらなかった。今日熱月《テルミドール》七日あるいは七月二十五日にはジャコバン・クラブの名前で国民公会《コンヴァンシオン》に持ちこまれ、そのまま請願として提出されることになった。

この請願の一件を、サン・ジュストはテュイルリ宮の公安委員会室で聞いた。約束の経過報告を書いていたところだったが、綺麗《きれい》に掌《てのひら》を返すような報《しら》せに、ともに仕事を進めていたバレールは、憮然《ぶぜん》としながら、いきなり退室してしまった。

「五人から六人の小悪党どもを叩《たた》き潰《つぶ》すだなんて、全体どういうつもりで、口に出してしまったのですか」

と、サン・ジュストは詰問した。我ながら声に責める色があったが、それは無理ない話だった。実際、俄《にわ》かに目を逸《そ》らしながら、クートンのほうも歯切れが悪くなった。

「私なりに必要と考えたから、発言に及んだまでだ」

「ロベスピエールさんにいわれたからではないと」

「そうだ」

「ならば、とんでもないことをしてくれました。皆で成し遂《と》げた和解を、ひとりで打《ぶ》ち壊しにしてくれたのですから」

「……………」

「どう責任をとってくれるのですか」

「いや、私の発言については、ロベスピエールとて賛意を示してくれた。あの演説をしたとき、ロベスピエールもジャコバン・クラブに来ていたのだ」

「けれど、発言は御自分で考えたものなのでしょう」

理屈を詰められ、クートンは口籠《くちごも》った。しばらく考えてから上げた顔とて、いかにも言い訳がましかった。

「しかし、だ。和解を打ち壊しにしたというが、ロベスピエールはそもそも和解など望んではいなかった」

「それくらい先刻承知の話でしょう。それでも和解は果たさなければならないからと、この私と二人で苦労を買って出たのじゃありませんか。あの手この手で説得して、なんとかテュイルリ宮まで連れ出したのではありませんか」

「それはそうだが……」

「御自分の努力まで無駄にするような真似《まね》をして、それがロベスピエールさんの意を受けたものでないとしたら、全体どういう変節だというのです」

「そうではない。変節したわけではないが……」

サン・ジュストは車椅子《くるまいす》に向かって右手を出した。五本の指を大きく広げて突きつけると、そのまま目を瞑《つむ》り、顎《あご》を左右に動かしながら、身ぶりで伝えることが精一杯だった。ええ、もう結構です。取り返しようがない話です。こんな押し問答をやっていても、時間の無駄になるばかりです。

クートンがどういうつもりで口にしたのか、それは知れない。サン・ジュストは背後にロベスピエールの意向があると読んでいるが、いずれにせよ追及する意味はなかった。仮にクートンの独断だったにせよ、あげくの結末は同じだからだ。

──告発には及べない。

五人から六人の小悪党どもと挙げたところで、その逮捕も、断罪も、ありえない。ロベスピエールにそのつもりがないからだ。自身が改心を促すための脅《おど》しと明言したほどなのだ。この「清廉の士《アンコリュプティブル》」が告発に反対しているかぎり、クートンが告発まで突き進むことはできないのだ。

──ひとつも動けないまま、我々は破滅するのみ……。

消えたと思われていた、あるいは皆が消えたと信じたがった火が、あっさり再燃してしまった。和解の報に安堵《あんど》した矢先の告発予告に、国民公会は再び戦々恐々となった。わけても、かねて告発を噂《うわさ》されてきた地方派遣委員たちだった。「五人から六人の小悪党ども」とは自分たちのことではないかと、俄かに顔色を変えながら、またぞろ不穏な動きを取り始めてもいる。

公安・保安両委員会のなかにも、その動きに同調する者がいた。保安委員のアマールやヴーランにいたっては、これみよがしに囚《とら》われのジロンド派議員を、牢屋に訪問したりもしている。祖国の裏切り者ではなく、圧政の犠牲者なのだという理屈で、恐怖政治に対する反感も力強く蘇生《そせい》する。独裁者との罵声《ばせい》も、ちらほらと聞こえ始める。

——なのに、こちらは動かないのだ。

望み薄な改心に期待するばかりで、実質的には無為を貪《むさぼ》るままなのだ。

——いや、そうはさせない。

火は消さなければならない。和解の成果を強調するなり、告発の準備を否定するなり、ロベスピエールの口から公《おおやけ》に明言してもらわなければならない。

——あるいは……。

と、サン・ジュストは思う。あるいは今こそ観念してもらうか。やはり告発するしかないのだと、心の傷を乗り越えて、いよいよ決断してもらうか。政治の理想を実現するのに邪魔な輩《やから》は、徹底的に排除するしかないのだと、ことによると迫るのは、粛清の決断になるのかもしれないが……。

――いや、まだ無理か。

強引に押してしまえば、そのまま精神が崩壊してしまうかもしれない。ロベスピエールさんの再起は、もう二度と見込めなくなるかもしれない。その点でサン・ジュストには迷いもあったが、いずれにせよ、当人を捕まえないでは始まらなかった。

「クートンさん、あなたがロベスピエールさんと足並を揃《そろ》えることは間違いない。同宿だし、私のようにテュイルリ宮に詰めていたわけでもない。ロベスピエールさんとずっと一緒にいたのだから、今どこにいるのかくらいはわかるはずです」

「本当にわからないのだ。ロベスピエールは本当に行き先をいわなかったのだ」

「けれど、もう政界を退くというわけじゃないのでしょう」

「それは、ないと思う。ああ、ロベスピエールは戻ってくるよ」

「しかし、またジャコバン・クラブに戻っても……」

「いや、議会に出るつもりじゃないだろうか」

「議会ですって」

「ああ、明日か、明後日《あさって》には、きっと」

そう答えられて、サン・ジュストは思う。やはりクートンは、なんらか腹づもりを聞かされている。それも俺《おれ》なら止めにかかるであろう、愚かな腹づもりだ。

「だったら教えてください。ロベスピエールさんは、なんのために議会に出るのですか」

「それは演説を行うために、だろう」

「国民公会で？　ジャコバン・クラブでじゃなく？」

「そうだ。そのための原稿を書きたいといっていた。ひとりになって、じっくりと考えて、乾坤一擲《けんこんいってき》の演説を打ちたいと、数日そう零《こぼ》していたことは確かだよ」

「しかし、国民公会とは……。かれこれ六週間も登院していないんですよ。反感が高まっているとはいわないまでも、ロベスピエールさんの演説になら喜んで耳を傾けると、そんな雰囲気ではなくなっているんですよ。世辞にも得策とは思えない……」

いいかけて、サン・ジュストは自分の言葉に胸を衝《つ》かれた。世辞にも得策とは思えない。とてもじゃないが、まともな発想とは思われない。が、それをやってしまうのが、今のロベスピエールなのだ。

——止めなければ……。

別れの挨拶《あいさつ》もそこそこに、サン・ジュストは踵《きびす》を返した。唖然《あぜん》たる顔つきのクートン、それにモーリス・デュプレイを置きざりに、もうサン・トノレ通りに駆け出していた。急がなければならない。手遅れになる前に探し出さなければならない。ロベスピエールの暴挙は、なんとしても止めなければならない。

15——初心

——初心に帰る。

これしかない。やはりこれしかないんだと心に繰り返しながら、ロベスピエールがみつめていたのは、両の手でつかんだ紙片の束だった。

熱月《テルミドール》八日あるいは七月二十六日、ロベスピエールは国民公会《コンヴァンシオン》に登院した。

朝一番の審議には遅れてしまった。「からくりの間《マシーヌ》」の入口から中を覗《のぞ》くと、すでにバレールが演壇に立っていた。フランス軍がアントワープを占領したとか、これで名実ともにベルギー全土を確保したとか、行われていたのは戦勝報告のようだったが、まだ途中で、終わるまでしばらく待たなければならなかった。

——だから、間に合った。

なんとか午前中に間に合った。

パリに到着したのは今朝《けさ》のことだった。それまでロベスピエールは、郊外のモンモランシーに逐電《ちくでん》していた。持ち家を貸してくれる人があると知るや、サン・ジュストには一言の相談もなく、クートンにも細かな内容は伏せながら、昨日の熱月七日あるいは七月二十五日、さっさとパリを出発してしまったのだ。

田舎家《いなかや》に籠《こも》りながら、ロベスピエールは演説の草稿を書いていた。というのは、それしかないからだ。不器用でも、喋《しゃべ》るしかない。つまるところ、政治には言葉しかない。

——少なくとも私には、話すことしかできない。

陰に徒党を率いながら、陰謀を巡らすことなどしたこともなかった。革命裁判所を上手に用いて、思い通りの粛清を果たせるわけでもない。公安委員会というような組織を率いることで、天下国家を自在に動かすこともできない。

——また蜂起《ほうき》を組織できるでもない。

市井《しせい》の運動家として、民情に通じているわけでもなかった。大衆に支持されながら、その実は大衆を煽動《せんどう》することさえ得手《えて》ではない。新聞を発行しようとしたところで、マラやデムーラン、それにエベールに比肩する爆発的な人気は、端《はな》から望むべくもなかった。言葉が誠実すぎるからだ。それが難しくも聞こえるのだ。一定以上の知性と教養がない向きには、思うようには響かないのだ。

——だから、議会で演説するしかない。

ジャコバン・クラブで演説しても虚《むな》しいばかりであるならば、起死回生の舞台には国民公会を選ぶより仕方ない。

実際のところ、これまで活路を開いてきたのは、常に議会での演説だった。

一七八九年五月十八日、当時は第三身分と呼ばれた平民代表議員が孤立して、全国三部会が空転したときも、ロベスピエールは演壇に立った。

貴族代表の第二身分とは話ができなくとも、聖職代表の第一身分とは共闘できるのではないか。聖職者には貴族出身者ばかりではなく、平民出身者も多いのだから、引き抜きを持ちかけてはどうか。そう訴えたのが、本当の処女演説だった。

諸手《もろて》を挙げて、賛成されたわけではなかった。否定的な意見も多く飛び出した。が、そのとき支持してくれたのが、ミラボーだったのだ。

この大物議員が理屈を認めてくれたことで、第一身分の切り崩しが着手された。これが奏功することで、全国三部会の空転に終止符が打たれた。国民議会議員、さらには憲法制定国民議会議員としての活動に、いよいよ拍車がかかった。

一七九〇年一月二十五日、マルク銀貨法に反対したときも、そうだった。

納税額、つまりは経済力に基づいて、選挙権ならびに被選挙権を決めていく悪法が、今にも罷《まか》り通ろうとしていた。議員の大半がブルジョワであれば、反対意見など一部に限られたものだった。が、ロベスピエールはあきらめずに、乾坤一擲《けんこんいってき》の勝負に出た。

冷笑されて終わるだけかと思いきや、傍聴席が騒いでくれた。いや、その実は共感を覚えた議員も少なくなかったらしいのだが、いずれにせよ、大きな動きにしてくれたのは、当時は在野の運動家でしかなかったダントンだった。

運動を終息させることなく、粘り強く反対を続けることで、マルク銀貨法は撤廃された。最初は形ばかりだったが、王政の倒壊、共和政の樹立を機会に普通選挙も実現した。

――だから、私には議会で演説するしかない。

あきらめずに語りかけるしかない。そうすることで、活路を開いていくしかない。絶望しかけたところから、ひとつひとつ取り返していくしかない。

――精神的な蜂起、道徳的な暴動……。

強く念じておきながら、他方の一七九三年六月二日には、思いを遂《と》げることができなかった。ジロンド派の追放という目的を果たすために、暴力に等しい手段を容認した。そのことが今日にいたる後悔になっているならば、なおのことロベスピエールは思わずにいられなかった。あのとき私は、どうして議会の演壇に立たなかったのだろうと。

――無念を繰り返さないためにも……。

今度こそ議員に訴えかけなければならない。そう思う己の正しさを、ロベスピエールは疑おうとはしなかった。いや、疑ってはならない。なにもわからない若輩《じゃくはい》は背伸びして、あげくに窘《たしな》められたではないか。

「言葉だけでは、世のなかは動かせません」

「そうかね。私としては、もう少し言葉に期待するところがあるんだが……」

それがミラボーの言葉だった。

「理想を語れ、マクシム」

と、これはダントンの言葉だ。ああ、自らの使命を問うた私に、あの男は答えてくれた。理想を語れと。そのときが来たら、ひとりのフランス人も道を外れることがないよう、あんたは、ひたすら理想を語り続けてくれと。

大きな男たちはわかっていた。こちらの小さな男は自分を見失うことがあっても、あの二人はその大きさで大局を見据えながら、物事の本質を決して見誤らなかったのだ。

――だから、行こう。

自分の全てをぶつけてこよう。ああ、入魂の演説でフランスを変えるのだ。議会を奮起させることで、革命を正道に戻すのだ。そう自分に言い聞かせながら、ロベスピエールは議席を縦に縫うような階段通路を下りていった。

まがりなりにも公安委員会に席を占める立場である。本当なら壇上の委員会席から進んでもよかった。が、特権的な地位を振りかざすのではなく、今日は一議員として演説に取り組みたい。そうした思いがロベスピエールをして、階段通路を下りるほうを選ばせていた。

壇上では演説を終えたバレールが、演台から後ろに下がるところだった。

「議長、発言を求める」

ずんずん進んでいきながら、ロベスピエールは声を発した。議長席に着いていたのは公安委員会の同僚、故エベールの盟友としても知られたコロー・デルボワだった。

「あっ、いや、そうですか」

コロー・デルボワは驚いたような顔だった。今さら気づいて、議席のほうも俄《にわ》かにざわついていた。実際のところ、思いもよらなかったのだろう。ここで姿をみるなどと、考えてもいなかったのだろう。

ロベスピエールには久方ぶりの議会だった。こちらが覚えているかぎりでいっても、草月《プレリアール》二十四日あるいは六月十二日が最後の出席である。四十日以上も休んでいたからには、もう来ないものと決めつけられても、そこは文句をいえた義理ではなかった。

「これでも議員だ。発言を求める資格はあろう」

「ええ、それは、ええ、そうですが……」

議長コロー・デルボワは発言を認めてくれた。

これまた久方ぶりの演壇から見渡せば、その景色は新鮮にも感じられるものだった。いや、新鮮に感じられなければならない。なにせ初心に帰るのだ。いつもの景色と、馴《な》れてはならない。こちらに目を注いでいる人、人、人に対峙《たいじ》して、がくがく膝《ひざ》が揺れるほどに緊張しなくてはならない。

演台に草稿を開いて置き、ひとつ大きく息を吸いこみ、それからロベスピエールは始めた。

「市民諸君、諸君らは政治の絵図を描くとき、もしかすると、諸君らにおもねりながら、その実は大きく歪《ゆが》められた像を真似《まね》ているのではないでしょうか」

ざわざわしていた議場が、すっと静けさに引けていった。久方ぶりのロベスピエールは、ぜんたい何を話すつもりなのかと、あるいは向こうも新鮮な思いで聞いているのかもしれない。ああ、これは、うまい。こうでなくては、ならない。

「これから私が諸君らに述べるのは、有用な真実ばかりです。まずもって私は、裏切り者どもが広めたような奇妙な恐怖政治《テルール》など、断じて行っておりません。とはいえ、真実という唯一の武器をもち、できれば不和の火を消し去りたいものだとも考えています」

予定の言葉を並べながら、ロベスピエールは確信を深めるばかりだった。ああ、公安・保安両委員会の合同会議で、形ばかり果たした和解に意味などない。本当に不和を解消できるとすれば、それは皆が心をひとつにするときだけだ。心をひとつにできるとすれば、そこに真実が溢《あふ》れているときだけなのだ。

16――演説

ロベスピエールは続けた。ええ、私は祖国を荒廃に追いやる権力の濫用《らんよう》について、諸君の誠実のみが根絶できうる権力の濫用について、すっかり明らかにするつもりでいます。諸君の面前において、諸君の冒瀆《ぼうとく》された権威と侵された自由を守るつもりだといってもよい。私が標的とされている一連の迫害行為についても、なにがしかのことをいうかもしれません。けれど、それだから私は諸君を犯罪に問うつもりだなどとは、どうか考えないでいただきたい。諸君は諸君が戦ってきた暴君たちと、ひとつも通じるところがありません。それが証拠に、侮辱《ぶじょく》された無実の人間の叫び声は、諸君の耳にはうるさく感じられないはずです。自分たちには全く無関係なものだと、目を背《そむ》けたりすることもないでしょう。

「本題に入ります。私たちより前の革命は帝国の顔を取り替えただけでした。王朝が交代する、あるいは一人支配から複数支配へ移行すると、それくらいの目的しか持ちません。フランス革命は違います。人間の権利の理念と正義の原理に基づいて行われた、初めての革命なのです」

あらためて、ひとつひとつの言葉を声にするほどに、胸が震えて仕方がなかった。ああ、フランス革命には理想がある。常に美しくなければならないのは、そのためだ。卑俗に落ちてはならないのは、そのためだ。また立ち会う者も、峻厳《しゅんげん》な気持ちでいなければならないのだ。譲れないロベスピエールは、だから思わずにいられなかった。

ここに立ち返らなければならない。理想があったということに立ち返らなければ、なにも始まりやしない。今や多くが、そのことを忘れかけているからだ。

「ええ、他の革命は専《もっぱ》ら野心を助長しました。徳を要求したのは、私たちの革命だけです。ところが、なのです」

今や議場は、しんとして静まりかえる勢いだった。演壇から見渡す分にも、わかる。議員たちは真剣な目をしている。なにがしか心を打たれるものを感じて、皆が真面目《まじめ》に話を聞き始めている。

「無知と暴力は、その革命さえ新しい専制政治に吸収してしまいます。正義から生まれた私たちの革命といえども、そこに呑《の》まれてしまうしかないのです。共和国といえども、諸々の力学により、さらにいえば、自由の友と何度も新しく生まれ変わる陰謀家との絶えざる戦いにより、知らず知らず誘導されて、諸派の狭間《はざま》へと滑り落ちてしまいます」

議場は静かなままだった。が、そこから感じられてくるのは、俄《にわ》かに襲われた緊張のような気配だった。なるほど、話は自分たちと無関係でなくなってきている。正面から取り上げられれば、フランスの未来に不安を感じないではいられなくなる。

「とはいえ、共和国は自らの周辺に権力を、その手に影響力の大きさを見出《みいだ》すことができました。そもそも共和国のために戦う心がけ正しい人々の奮闘により、その誕生から迫害を逃れているのではなかったでしょうか。簡単には流されません。それゆえ党派の首領や手下どもは、自らが占める地歩の有利を守るために、共和国の衣装に隠れなければならなかったのです」

議場が静かであるほどに、ロベスピエールの耳に聞こえてくるのは、「共和国ばんざい《ヴィーヴ・ラ・レピュブリーク》」の合唱だった。

ジロンド派も、そう唱えた。ダントン派も、エベール派さえ、「共和国ばんざい」と叫んで、臆面《おくめん》もなかった。だから、歯噛《はが》みする思いなのだ。

「共和国ばんざい」

そう声を張り上げる偽者は今も多い。無自覚な輩《やから》を含めれば、今こそ多いとさえいえる。だからこそ、釘《くぎ》を刺しておかなければならない。自由の友と、陰謀家あるいは暴君の輩との違いを、はっきりと明示しなければならない。

「自由の友は真実の力をもって、暴君の輩の勢いを覆《くつがえ》そうと努めます。暴君の輩のほうは中傷によって、自由の守り手たちを破滅させようとするのです。真実の原理の先人達さえ、逆に暴君呼ばわりです。これが成功してしまえば、正義は失われてしまいます。裏切り者しか正しいと認められず、かえって徳は犯罪と罵《ののし》られることになります」

ロベスピエールは中傷の悪について訴えた。どれだけ理想に忠実に、どれだけ無私の気概で、どれだけ真面目に政治に取り組んでいても、ほんの心ない言葉ひとつで報われなくなってしまう。

しかし、ひたむきな努力が認められない政治はおかしい。

そういった信念からも、独裁者と非難されること、告発予定者の一覧があると疑われていること、カトリーヌ・テオ事件などの悲喜劇が仕立てられること等々の中傷には、抗議せずにはいられなかったのだ。

そのうえで国政の刷新を訴えた。現下における公安委員会、保安委員会、さらに財政委員会の活動を批判し、革命裁判所の在り方に疑問を呈し、今なお衰えない陰謀家の暗躍に警鐘《けいしょう》を鳴らしながら、ロベスピエールは政治の浄化を訴えた。

「陰謀家たちは保安委員会を支配し、これを公安委員会に対立させることで、二つの政府を作り上げようとしています。いや、公安委員会のなかにさえ、この陰謀に加担する者がいるのです。ゆえに保安委員会を粛清し、公安委員会に従属させなければなりません。その公安委員会さえ粛清し、政府の中核であり、審判者でもある国民公会《コンヴァンシオン》のもとで、政府の一体性を再建しなければならないのです」

無神論の危うさ、最高存在《エートル・シュープレーム》の尊さにいたるまで語り尽くし、束ほどに用意してきた草稿を、余すところなく読み上げれば、演説は優に二時間を超えた。

「私は犯罪と戦うために働いてきました。決して支配するためではありません。それなのに、こんな風に中傷され、また誤解されてしまう。残念ながら、正しき人間が罰せられることなく、なお祖国のために存分に働けるような時代は、まだ到来してはいないようです。詐欺師の一団が国を支配しているかぎり、自由の守り手たちは早晩追放されてしまうしかありません」

そうした言葉で演説を結んだとき、なお国民公会の議場には、ません、ません、ませんと語尾の言葉を何度か響かせるくらいの静けさが残っていた。

が、パチパチという小さな音が、それを破った。パチパチ、パチパチ、小さな拍手の音は、それが続くほどに重なり合い、ついには議場の天井を破らんばかりに勢いづいた。まさに満場の喝采《かっさい》だ。興奮に立ち上がる議員まで相次いで、まさに絶賛の嵐だ。

――届いたのか。

と、ロベスピエールは自問した。私の訴えは、私の熱意は、私の心は、国民公会に座する国民の代表たちに、栄誉の議員諸氏の胸奥《きょうおう》に、しっかり届いたというのか。

「印刷に回そう、印刷に回そう」

同じ壇上から議長に訴えたのは、公安委員のバレールだった。ああ、印刷に回さなければならない。市民ロベスピエールの演説は、一度耳にしたきり、忘れ去られてよいものではない。きちんと文書にして、長く記憶されるべきものだ。

議席からも声が返った。ああ、そうだ。印刷に回そう。

「隅々まで熟読して、一字一句を肝《きも》に銘じて、これからの政治活動の戒《いまし》めとしなければならない」

「この演説を必要とするのは、国民公会の議員だけではあるまい。印刷されたものは、全国の市町村にも発送されるべきではないか」

再びの壇上でクートンが引き受けると、そのまま決が採られるような空気になった。が、そこに飛びこんできた声があった。

「まってくれ。決を採る前に、いわせてくれ」

そう請われて、議長コロー・デルボワが発言を許した四角顔は、ブールドン・ドゥ・ロワーズだった。

ブールドンは寛大《アンダルジャン》派もしくはダントン派の残党である。だから、私は反対だ。

「いや、印刷に回されることに反対するわけじゃない。ただ全国の市町村にまで送られるなら、その前に公安・保安両委員会によって、よくよく内容を確かめられて然《しか》るべきかと」

常識的な異議と解釈するべきか。それとも演説の内容を骨抜きにする企《たくら》みとみるべきか。あるいは演説そのものの否認と受け取るべきなのか。ロベスピエールが判断に迷う間にも、野次が飛び交っていた。馬鹿をいうな、ブールドン。演説では公安・保安両委員会も批判されているんだぞ。その部分が省かれるに決まっているじゃないか。いや、そうとは限らないぞ。ロベスピエール自身が公安委員のひとりなんだ。サン・ジュストやクートンもいる。保安委員会にだって、ルバやダヴィッドがいるんだ。安直な検閲になるはずがない。むしろ慎重に吟味されて、よりよい論考ができあがるのじゃないか。

「カトリーヌ・テオ事件は私の作り話ではない」

そう言葉が耳に飛びこんでくれば、ロベスピエールならずとも、あれと首を傾《かし》げずにはいられなかった。

話の脈絡が飛んでいた。明らかに飛んでいたが、それでも発言は控えられる様子もなかった。壇上から続けたのは、半開きの目が眠いようにも悲しいようにもみえる初老の男、保安委員のマルク・アレクシ・ヴァディエだった。

「ああ、市民ロベスピエールを中傷する意図で、カトリーヌ・テオを立件したわけではない。ロベスピエールの名前が書かれた手紙は、『神の母』の家宅捜索で、たまたまみつかったものなのだ」

「私とて名誉をボロボロにされる前に、フランスに向かって話したい」

今度は議席からだった。起立した福顔をみつければ、財政委員のカンボンだった。

ロベスピエールは確かに財政問題を取り上げていた。その責任者であるカンボンを批判もした。だから、すぐさま弁明しないと気が済まないというのか。他人の意見に甘んじて耳を傾け、謙虚に反省し、向後《こうご》の仕事に役立てようとするではなく、なにはさておき弁明しなければならないと。

――自分のことしか考えていないのか。

ヴァディエといい、カンボンといい、目の色を変えながら、自分を守ることしか頭にない輩に、ロベスピエールは唖然《あぜん》とした。

17――なにを聞いて

「わけても終身年金の取り扱いについては、大きな誤認があるといわざるをえない」

垂れ目を危うく吊《つ》り上げながら、カンボンは抗議を続けた。馬鹿らしい。こんな下劣な輩《やから》は相手にしてやる価値もないと思いながら、こちらのロベスピエールも受けてしまった。

「年金を貴族だけに支払っている。その財源を確保するために、生活の苦しい市民を悩ませるのは如何《いかが》なものか。そう指摘した私の、どこに誤認があったというのか」

「だから、貴族だけに支払っているわけではない」

カンボンはさらに続けたようだったが、もうロベスピエールは耳を塞《ふさ》いだ。聞きたくない。聞きたくない。ああ、相手にするのじゃなかった。ああ、大失敗だ。

そうして無視されたことに立腹したか、カンボンの声が俄《にわ》かに怒りに裏返った。いやはや、なんて態度だ。これは、もう真実をいうべきときかもしれない。この際は、はっきりさせるべきなのかもしれない。

「ひとりの人間が国民公会《コンヴァンシオン》の意思を無力化させている。その男とは演壇に立ったばかりの男だ。つまりはロベスピエールだ。ロベスピエールの裁きを求める」

そうカンボンに突きつけられて、ロベスピエールは慌てた。なんの話だ。どうして、こうなる。頭が混乱している気もしたが、まさにそのせいなのか、無視すると決めていながら、またしても答えてしまった。

「国民公会を無力化などしていない。わけても財政の分野に関して、私に責められるべき科《とが》があるとは思われない。というのも、財政には参画したことがないからだ」

「その門外漢が、どうして公然と非難の声を上げるのだ」

「非難ではなく、批判だ。諸原理に基づいた一般論でいえば、カンボン、あなたの財政思想は好ましくないというのだ。もちろん、そういったからといって、それが犯罪に該《がい》当《とう》すると考えるわけでは……」

「パリの国民衛兵隊砲兵四中隊を移動させた一件について、ひとついわせてもらいたい」

壇上からも、公安委員のビヨー・ヴァレンヌが始めた。ああ、市民ロベスピエールは欠席していたが、あの砲兵四中隊の移動を決めたとき、公安委員会で交わされた議論の詳細をいえば……。

「そんなもの、聞くには及ばない。私は委員会全体を攻撃したいわけではない。いや、だから、私は演説をするために議会に来たのだ。こんな風に無数の人間を相手に討論をするために来たのではない」

そこまでいうと、ロベスピエールは議長席に身体《からだ》を向けた。

「国民公会に自らの意見を伝える自由を要求したい」

コロー・デルボワは答えなかった。無視するでもなかったが、なにか声に出すより先に盟友ビヨー・ヴァレンヌに再開されれば、強《し》いて制止するではなかった。自らの意見を伝える自由だって。だったら、討論する自由はないのか。

「もし本当に討論の自由がないなら、私は自分の死体を喜んで野心家の王座に捧《ささ》げるぞ。沈黙に押しこめられて、大きな犯罪の共犯者になるよりはマシだからな」

「発言を求める、発言を求める」

ビヨー・ヴァレンヌに取り合うことなく、ロベスピエールはあくまで議長に訴えた。ああ、こんな風では伝わらない。やりとりから生まれるものではない。私の意見は独立したものなのだ。私の心にないような撤回を、私から引き出そうとしても無駄だと知れ。

声のかぎりに続けたが、コロー・デルボワは目を逸らして、今度こそ無視を決めた。その間にもビヨー・ヴァレンヌは吠《ほ》えるような声を投げつけて止《や》めない。カンボンにせよ、あきらめずに弁明を続けている。ヴァディエにいたっては、なにやら鞄《かばん》のなかを探り、書類を取り出す構えである。

ロベスピエールはもがくような腕の動きで、さらに演壇の前に出た。ああ、好きにしたまえ。ああ、どうとでもするがいい。

「盾を投げ捨て、私は敵の面前に立とう。私は誰も打たなかった。また誰も恐れない。誰の中傷も行わない」

「フーシェを中傷したじゃないか」

議席からの発言で、中央寄りに立っていた細面の男はパニスだった。ロベスピエールは片方の眉を上げて答えた。

「フーシェだと。ショーメットに遅れず、無神論を広めたというのは事実だ。だから、取り上げたまでだ。ああ、いわなければならないことはいう。私は自分の義務にのみ耳を傾ける。誰の支えも、誰の友情もいらない。どの党派に加わろうかと迷いもしない。だから、好きなように……」

「誰も君の喉《のど》を裂こうとはいっていない」

いきなりの声で、誰か確かめることができなかった。どこだ。どこだ。ロベスピエールは必死に目を凝らしたが、それでもみつけることができない。はっきりと耳に聞こえて、発言ばかりが続いた。

「かえって君が皆の意見を聞くことなく、その喉を裂こうとしているのじゃないか」

「なんだと」

「市民ロベスピエール、あなたには、あなたが祖国の安寧《あんねい》のために本当に必要と思う真実を、この国民公会で述べる勇気はないのか」

「私が祖国の安寧のために本当に必要と思う真実を、ここで述べる勇気だって」

「ああ、徳の勇気を自慢するからには、真実を述べる勇気も持つべきじゃないのか」

今度は発言者がわかった。樽《たる》を思わせる肥満体は、シャルリエという名の議員だった。

それにしても、意味がわからない。いや、シャルリエのほうが、まだわからないのかという苛々顔《いらいらがお》だ。

「誰を告発するのか、きちんと名前を挙げてほしい」

「………………」

「一覧が存在するのだろう。それを議会で公表するべきだ」

「そうだ、そうだ、名前を挙げろ」

「はっきりさせてくれ、そうでないと、おちおち夜も眠れやしない」

「ああ、恐怖政治《テルール》のなにが恐ろしいかといって、明日にも自分が告発されるのじゃないかと、不安に思わずにはいられないことなんだ」

「そういうことだったのか」

と、ロベスピエールは口許《くちもと》で呟《つぶや》いた。一度でも名前を挙げられた日には、弁明に乗り出さなければいられないのも、そういうことだったのか。

——そんなつもりはなかったのに……。

今日の演説でも、ロベスピエールは確かに仄《ほの》めかしていた。

「中傷作戦の立案者、その元祖をいえばイギリスのヨーク公であり、あるいは首相のピットであり、私たちに対して武器を向けてきた諸外国の暴君たちでした。しかし、それに続く者たちとなると……。いや、今この場所で名前を挙げることは、あえて差し控えましょう」

確かに仄めかしたが、名指しになど意味がなかった。逮捕したいわけではないからだ。まして処刑などしたくないのだ。ただ恐怖にいくらか背を押されることで、自分から改心に踏み出してほしかっただけだ。それなのに……。

——全体なにを聞いていたのだ。

とも、ロベスピエールは憤りの問いに駆られた。本当に聞いていたのか。あんなにも静まり返りながら、その実は私の演説など何も聞いていなかったのではないか。それとも、きさまらには最初から理想などなかったのか。

——心からの訴えさえ、全体どれだけ届いたのか。

もはや愚問といわなければならなかった。告発を恐れる輩は、自分の名前を出され、あるいは名前を出されないまでも、自分も含まれるのではないかと臆病《おくびよう》に駆られたが最後で、もう後の話など耳に入らなかったに違いなかった。どう弁明するか、どう切り抜けるか、どう生き延びるかで、もう頭が満杯になっていたはずだ。

——印刷に回そうと、熱心に勧めてくれた人々とて……。

おべっかを使っただけなのか。話の中身に共感したからというより、お追従《ついしょう》で自分だけは睨《にら》まれまいとする、その一心だったのか。

——だとすれば、私は二時間も、なんのために……。

ロベスピエールは顔を上げた。名前を挙げろ、名前を挙げろ。繰り返される声など無視して、議長席のコロー・デルボワに目を向けた。議場に秩序を取り戻せと促したつもりだったが、もはや大合唱という声を流して、議長には取り上げる素ぶりもなかった。

仕方ない。ロベスピエールは正面を睨みなおした。だから、先ほど述べた通りだ。

「今この場所で名前はいわない。あえて控えることにする」

そうした返事が届いたか届かないか、名前を挙げろと、議場は騒然としたままだった。

18――泰然自若

熱月《テルミドール》八日あるいは七月二十六日の国民公会《コンヴァンシオン》は、ロベスピエール演説の印刷を可決して散会した。

印刷に回し、国民公会の議員全員に配るが、全国各地の市町村には発送されない。それが議事を本題に戻したあげくの結論だった。

サン・ジュストは鼻で笑う気分である。ああ、そんなもの、もはや誰も注意を払おうとはしない。

「ロベスピエールは告発を予告した」

それが国民公会から持ち帰られた、専《もっぱ》らの結論だった。

「パリ自治委員会《コミューン》は蜂起《ほうき》に入る」

と、不穏な噂《うわさ》さえ流れ始めた。

実際のところ、パリ市長レスコ・フルリオ、第一助役パヤン、国民衛兵隊司令官アンリオともに、公安・保安両委員会の和解は失敗、もはや対立は深刻な事態に進行したと判断して、民衆の動員に着手していた。

ロベスピエールが号令を発したわけではなかった。それでもパリ自治委員会は躊躇《ちゅうちょ》しないのだ。蜂起しかない、ジロンド派を追放した昨年の五月三十一日から六月二日の運動を再現するしかないと、もはや自明の道筋と考えて疑いもしないのだ。

――ロベスピエールさんはといえば……。

議会が引けると、まっすぐジャコバン・クラブに向かったようだった。

やはり他に行き場はない。最後まで大人しく聞いてくれる聴衆は余所《よそ》にはいない。ジャコバン・クラブでは、代表も革命裁判所所長のデュマだ。国民公会の議長コロー・デルボワのように、要求を無視したり、野次を放任したりするような真似《まね》はしない。

その聖域で今この瞬間も、ロベスピエールは国民公会での演説を、そっくり繰り返しているはずだった。

――まあ、自分で聞いたわけではないが……。

冴《さ》えない演説を、俺なら二度も聞きたいとは思わないが……。そう心に零《こぼ》しながら、サン・ジュストはテュイルリ宮にいた。

――止められなかった。

なりゆきについては冷笑を禁じえないかたわら、今も無念の言葉が胸に湧《わ》いて際限なかった。サン・ジュストは方々を奔走した。警察局まで動員して、ロベスピエールの居場所を突き止め、モンモランシーには向かったものの、惜しくも行き違いになってしまったようだった。

サン・ジュストが議場に飛びこんだときには、もうロベスピエールは演壇だった。ただ反論されるために声を張り上げているような、隙《すき》だらけで切れのない演説を、だらだらと続けていた。

あげくの大混乱は必定《ひつじょう》だった。印刷の可否を論じることで、議会の秩序ばかりは取り戻されたものの、まさに最悪の展開だった。

——どうすべきか。

悩んだあげくに、サン・ジュストはジャコバン・クラブに行かなかった。テュイルリ宮に留《とど》まり、ただ議会が置かれる「からくりの間《マシーヌ》」から公安委員会室に移動して、午後の八時くらいからは動いていなかった。

——仕事があるからな。

経過報告書を仕上げなければならなかった。公安・保安両委員会の合同会議の決定が、改められた会議で覆《くつがえ》されたわけではなかった。仕事も取り消されたわけではない。課された使命は果たさなければならない。

「といって、どう報告すればいいというのだね」

協働を命じられたバレールは、くどい造りの顔をいっそう黒ずませて、明らかに不機嫌だった。サン・ジュストに請われて、公安委員会室には同道したが、ぶつぶつ文句をいうばかりで、羽根ペンひとつ握ろうとはしなかった。

無理もない。数日の努力を全て無駄にされたのだから、明るく振る舞えというほうが無茶な話だ。そう思うからこそ、あえてサン・ジュストは事もなげに、淡々として答えてやった。

「和解を報告して構わないと思います」

「なんだって」

「ええ、構いません。和解については、誰も否定していません。少なくとも、私は取り消されたとは聞いていない。悪意の曲解だの、意図的な中傷だの、無責任な噂話だのを気にしたあげく、勝手にうろたえている輩《やから》はいるようですが……」

それほど大きな声ではなかった。が、バレールにだけ聞こえるよう、そっと囁《ささや》く感じで吐いた言葉でもなかった。

白状するなら、余人の耳にも届くことを作為していた。公安委員会室には他にも数人の委員がいるからだ。部外者として入室は許されないながら、控えの間の扉まではルコワントルやフレロンの輩も詰めて、なかの物音に耳を澄ましているのだ。

いうまでもなく、事態の緊迫を感じているのは、ロベスピエールの一党だけではなかった。切実なのは、むしろ敵対している側のほうだ。蜂起に入るというなら、まさにルコワントルやフレロン、あるいはビヨー・ヴァレンヌやコロー・デルボワ、さらにヴァディエやアマール、ことによるとカルノやバレールまでを含めた、公安・保安両委員会の面々のほうなのだ。

——それを抑えなければならない。

ロベスピエールは告発を予告した。そうは考えられていながら、まだ告発に及んだわけではなかった。対立は自明の図式ながら、全面戦争の火蓋《ひぶた》が切られたわけではない。自ら一線を越えなければならないのなら、もう後戻りはできないのだという、何か決定的な確信が欲しい。

——そうした迷いの場所に、この俺《おれ》が平然と座しているのだ。

何事もないような顔をして、予定の仕事をこなしているのだ。サン・ジュストの奴《やつ》は動いていない、ならば全面戦争にはならないのか、まだ軽々しく動くときではないのかと、奔《はし》りかけた気勢を冷まして、萎《な》えさせようというのが、つまりはこちらの狙《ねら》いというわけだった。

——泰然自若と構えていなければならない。

連中に疑念を抱《いだ》かせないよう、まだ和解の道があるのではないかと思わせるよう、ひとつの昂《たかぶ》りもみせてはならない。そう肝《きも》に銘じながら、実際に涼しい顔を守っていたが、その実のサン・ジュストの本音をいえば、まさに呼吸もままならないほどだった。

有形無形の圧力が渦巻いていた。常に誰かに見張られている。その視線が刃物さながらに痛い。常に耳をそばだてられて、こちらの咳払《せきばら》いひとつ聞き逃さない。その意味するところまで、いちいち詮索《せんさく》されるならば、こちらのサン・ジュストとしては、まさに一瞬の油断も許されないのだ。

その公安委員会室にビヨー・ヴァレンヌやコロー・デルボワが入ってきたのは、午後の十一時を少しすぎた頃《ころ》だった。

ばんと扉が破裂していた。乱暴な入室から、すでに激怒していることが知れた。

理由は知れない。おおよその見当はついたが、なおサン・ジュストは気づかないふりをした。惚《とぼ》けたようにもとられかねない口調で、平然と迎えてみせた。

「やあ、ビヨー・ヴァレンヌ、それにコロー・デルボワも、こんなに遅くまで、どこにいっていたというんだ」

声をかけられた二人は、お互い怪訝《けげん》な顔を見合わせた。まさかいるとは思わなかったということだろう。なんとか驚きを収めると、ビヨー・ヴァレンヌは言葉を放り出すようにして答えた。

「ジャコバン・クラブだ」

なにかできると思ったか、どうにかなると期待したか、こちらの両名はロベスピエールの演説を聞いてきたようだった。そのことを察しながら、サン・ジュストはわざと質《ただ》した。

「ほお、それでジャコバン・クラブに、なにか新しい動きは」

「なにか新しい動きがあるか、だって。それを聞くのか、サン・ジュスト、おまえが」

この政争の作者と共謀して、我らを内乱に叩《たた》きこもうというおまえが、この私に聞くというのか。受けたコロー・デルボワは、いきなり喧嘩腰《けんかごし》だった。

なんでもジャコバン・クラブから戻って来た二人は、向こうでは発言も許されなかったという。それどころか、ロベスピエールが「お涙頂戴《ちょうだい》」のような演説を打《ぶ》つと、大合唱で追放されてしまったらしい。

「陰謀家どもを断頭台に送れ。陰謀家どもを断頭台に送れ」

かくて二人は憤怒《ふんぬ》の相でテュイルリ宮に引き返してきた。それをロベスピエールの右腕とされる男が、涼しい顔で迎えたというのだから、なるほど絡みたくもなるはずだった。

19——約束

「はん、おまえは臆病者《おくびょうもの》だ、サン・ジュスト。ああ、おまえは姑息《こそく》な裏切り者なんだ。この委員会室で我々に探りを入れているのだろう。ああ、ジャコバン・クラブで話を聞いてきて、私たちは今や疑いもしていない。ロベスピエールにクートンを合わせて、おまえたち三人は本物のゴロツキだ」

ビヨー・ヴァレンヌが後を受けた。それでも、だ。これだけは、いっておくぞ、サン・ジュスト。

「自由だけは廃《すた》れない。おまえたちがどんなに恐ろしい策略を巡らせようと、それに負けることなく、未来にも生き延びるのだ」

「このフランスで行われているのは、まさに悪党の三頭政治だ。ロベスピエール、クートン、サン・ジュストの三人は、国家転覆を企《くわだ》てている」

今度は背後からの声だった。振り返ると、いかにも神経質そうな顔が青ざめていた。

公安委員会室に来ていた、保安委員のエリ・ラコストだった。

痛烈な言葉が縦横した。まさに歯に衣着《きぬ》せぬ言葉だ。が、かえってサン・ジュストは、ふうと一息つけたような気分だった。ああ、無言のままに探られて、不断に圧力をかけられているより楽だ。やはり、そう思われていたのだと、かえって安心するほどだ。

「そういう君は、ぜんたい何者だというのだ」

話に介入したのは、バレールだった。ただ傲慢《ごうまん》なだけの小物にすぎないのではないか。なんら大局などみようとしていないのではないか。

口ぶりからすると、こちらを弁護してくれたようだった。まだ和解に心を残しているということか。バレールが少数派でないならば、まだ火消しは可能ということか。

考えている間に、エリ・ラコストは口を噤《つぐ》んだ。が、コロー・デルボワのほうは止《や》めず、強引に自分の話を続けた。ああ、知っているぞ、知っているぞ、サン・ジュスト。

「まさしく今夜、おまえは我々を殺されるがままにして、非情に見捨てるつもりなのだ。あるいは明日の朝なのかもしれないが、いずれにせよ、えっ、どうなんだ、おまえの計画で、我々は打ち据えられることになるのだろう」

「計画だと。なんの話です」

「惚《とぼ》けるな、惚けるな」

今度はビヨー・ヴァレンヌである。いいか、サン・ジュスト、これだけはいっておくぞ。

「我らは心を決めている。我らは最後まで委員会の席に留《とど》まる。そうして居座っている間に、おまえたちの仮面を剝《は》いでやれるかもしれないからな」

「だから、少し落ち着いてください。さっきから、全体なんの話をしているのです」

「ここだ。この場所、まさしく我らの狭間《はざま》にいながら、おまえは大胆不敵にも両委員会に対する企てを練っているという話だ」

「なんの話か、依然としてわかりませんよ、コロー・デルボワ」

「誤魔化《ごまか》すな、サン・ジュスト。今だって、おまえはポッシュのなかに、我々を害する中傷の類《たぐい》を忍ばせているはずだ」

サン・ジュストは肩を竦《すく》めてみせた。いや、ビヨー・ヴァレンヌ、遠慮なくみてほしい。ポッシュから出すまでもなく、私は卓上に広げています。

「が、残念ながら、中傷のビラでも、陰謀の計画でもない。和解の機会に私が義務づけられた経過報告書です。明日の議会で読み上げるつもりで、急ぎ仕上げていたのです」

そう教えると、ビヨー・ヴァレンヌは大きな目を剝《む》くようにして覗《のぞ》きに来た。コロー・デルボワのほうは短い前髪をいじるばかりで、なお動こうとはしなかった。

「報告書だと。いや、違う。おまえのことは、わかっているんだ、サン・ジュスト。ああ、間違いない。おまえは告発状を用意していたはずだ」

「だから、自分の目で確かめれば……」

「なにが望みだ、サン・ジュスト。そんな恐ろしい背信行為から、どんな永続的な成功がみこめるというのだ。おまえは我らの命を奪えるかもしれない。ひとを使って、我らを殺させることだってできる。けれど、人民の徳だけは惑わすことができない……」

興奮がすぎたのか、コロー・デルボワは息を詰まらせ、直後に激しく咳《せ》きこんだ。そばに戻ったビヨー・ヴァレンヌに促され、一席に腰を下ろしたが、その間にサン・ジュストは手元の杯に水差しから水を注《つ》いでいた。

とんと卓のうえに置いて、その水をコロー・デルボワに届けながら、サン・ジュストは努めて静かな調子を用いた。

「これから殺そうという人間に囲まれながら、告発状を準備する？　私は大胆不敵だから？　はん、それなら大胆不敵というより、もう本物の馬鹿でしょう」

「…………」

「報告書の草稿は、出来次第に印刷に回します。刷り上がってきたら、委員会室に届けることを約束しましょう。それが告発の類かどうか、自分で読んでみればよろしい。ええ、明朝です。国民公会《コンヴァンシオン》で私が朗読する前に読んでください。両委員会が認めないなら、いかなる文言《もんごん》も議会で読み上げることはしません」

そう告げると、サン・ジュストは自分の席に戻り、また卓上の紙面に組みついた。

羽根ペンを動かし動かし、そのまま朝の五時までテュイルリ宮に留まった。疑念の虜《とりこ》になった輩《やから》に囲まれながら、なお身じろぎもせずに堪えて通した。

——火は消さなければならない。

告発も、蜂起《ほうき》もないと、皆に納得させなければならない。自ら重石《おもし》となりながら、敵の動きに掣肘《せいちゅう》を加えなければならない。

——ロベスピエールさんが復活するまでは……。

人間というものをわかり、必要な措置に開眼するまでは。そう覚悟を決めたサン・ジュストには、なすべきことに迷いもなかった。

朝方近くには、一騒動も起きた。公安委員会室に看過ならない急報が飛びこんできた。

「パリ自治委員会が国民衛兵隊を召集したらしい」

表情ひとつ動かさないながら、その実のサン・ジュストは、息が止まる思いに堪えなければならなかった。本当なら由々しき事態だ。いや、本当にしてはならないのだ。

「私の名前で手紙を書こう。レスコ・フルリオかパヤンに事実関係を確かめよう」

当然サン・ジュストは火消しに動いた。が、それで納得してくれる面々ではなかった。

「確かめるまでもない。あの二人を逮捕するべきだ」

「ビヨー・ヴァレンヌ、それは違う」

「どう違うのだ、サン・ジュスト」

「庇《かば》うのか。庇うんだな。きさま、やはり蜂起を計画していたんだな」

「そうじゃない。だから、落ち着いて、コロー・デルボワ」

「これが落ち着いていられるか。国民衛兵の動員なんだぞ。つまりは武力の発動なんだぞ」

「だから、官憲を差し向けるべきは他にあります」

そう宣してサン・ジュストは、自ら逮捕状に署名を入れた。

20――朝

両の膝《ひざ》で鞍《くら》を挟みなおし、サン・ジュストは拍車を入れた。いったん大きく前脚を上げてから、馬は矢のように駆け出した。

その勢いに首がしなった。意識が飛びかけるところを堪《こら》えて、獣の背にぴったりと身体《からだ》を伏せなければならない。なお襲いくる風に両の目を細めながら、こんなときに振り落とされたら確実に死ぬだろうなと口許《くちもと》で呟《つぶや》くほどに、背筋に寒いものが走る。

それはサン・ジュストにとって、恐怖であると同時に快感でもあった。

――なんと清々《すがすが》しいことか。

パリもブーローニュの森まで出れば、せわしなく手綱《たづな》を引く面倒がなかった。広々として、人の気配もないような薄暗がりを、心ゆくまで遠乗りできる。えんえん樹木が列をなしているとはいえ、動かないものをよけるだけなら、馬に任せておけばよい。都心の石畳ならぬ森の下草であれば、飛ばしすぎたからとて馬が脚を痛める心配もない。

サン・ジュストは心が洗われる思いだった。

テュイルリ宮は窮屈で仕方がなかった。ああ、公安・保安両委員会の連中と一緒では、気持ちが自《おの》ずと圧迫される。

圧迫されて、ただ息苦しいだけならば、こちらも挑みようがあった。厳しさは望むところだ。生死がかかるほどに過酷であってこそ、はじめて生きている気がするほどだ。サン・ジュストが堪えがたいのは、テュイルリ宮は空気も悪いことだった。ああ、腐臭を漂わせながら淀《よど》み、なおかつ重い。

――アンリオを逮捕するまでの話ではない、だと。

パリ市政庁に蜂《ほう》起《き》の動きがある。市長を告発しろ。第一助役を逮捕しろ。そうやって騒ぎ始めた連中に、サン・ジュストは知恵を授けた。それなら国民衛兵隊の司令官アンリオだろうと。武力を発動できる立場の人間を押さえれば、それだけで蜂起を未然に防ぐことができるだろうと。

逮捕状まで作成し、署名も入れてやったというのに、そこにいたって公安・保安両委員会の面々は、俄《にわ》かに弱気に捕われたのだ。

蜂起が公式に宣言されたわけでもない段階で、そこまで話を大きくするつもりはない。そうやって腰砕けになりながら、採用した命令が次のようなものだった。

「公安・保安両委員会の合同会議より、騎兵隊指揮官宛《あて》。

パリ、一《いっ》にして不可分の共和国の第二年熱《テルミドール》月九日付。

両委員会は諸君らを両委員会の身辺に待機させるべく、諸君らを召集する。

バレール、サン・ジュスト、コロー・デルボワ、ヴーラン、ルイ、アマール、エリ・ラコスト署名」

こちらも兵力を用意して、万が一の事態に備えればよいという理屈である。なるほど、それなら話は大きくならない。パリが蜂起しなければ、そのときはそっと兵営に戻してやればよいだけである。

「…………」

熱月九日あるいは七月二十七日、朝の五時にテュイルリ宮を出たときは、別段の思いもなかった。とりあえず、役目は果たした。この夜になすべき仕事は果たした。それだけのことだと考えていたのだが、下宿に足を向けるうちに、いつもの癖で沿道の硝子窓《ガラスまど》に、ふと目を止めることになったのだ。

――どんより暗い顔をしている。

冴《さ》えた美貌《びぼう》が跡形もない。が、そこに映っているのは、確かに自分の姿なのだ。サン・ジュストは気づかされた。塞《ふさ》ぎの種が心に落ちて、しつこい根を張ろうとしていた。

――コロー・デルボワの半端者め。

ビヨー・ヴァレンヌの小心者め。あれだけ声を張り上げ、ああまで感情を爆発させておきながら、どうしてアンリオひとり逮捕することができない。

「やりあう勇気がないのなら、はじめから大人しくすればいい。いや、大人しくしているだけの度量もないから、半端者だというべきか。いっときも不安を収めていられないから、小心者だというべきか」

そう悪態を並べながら、またサン・ジュストもブツブツと小声だった。

気が晴れない。どうでも晴らさずにはいられない。そうした思いは、ほどなく強迫観念にさえ高じた。ああ、ただでさえ疲れているのだ。心も身体もボロボロになっているのだ。すっきりさせないことには、今日一日を乗り切る気力さえ湧《わ》かない。

テレーズのところに押しかけるか、とも考えた。が、すぐに捨て去り、サン・ジュストは女が長逗留《ながとうりゅう》する旅館に、爪先《つまさき》を向けることさえしなかった。

確かにすっきりするかもしれない。が、それも一瞬のことだ。かわりにベトベトした嫌な感触と生ぬるい空気が身体に刻まれて、それのほうが長く残る。ああ、またやってしまったかと、汚れた自分に茫然《ぼうぜん》としなければならないならば、それまた一日を無駄にしてしまいかねない。

——もっといい相手がいる。

サン・ジュストは閃《ひらめ》いた。馬だ。ほとんど自殺行為という勢いで、思いきり馬を飛ばすのだ。

――正解だった。

檸檬色《シトロンいろ》の朝日が木漏れ日になる時間だった。斑模様《まだらもよう》に彩られながら、夜露に濡《ぬ》れた下草はキラキラ輝き、名もない小さな花までが自ずから光を発するようだった。無垢《むく》な瞳《ひとみ》の獣たちといい、優雅に飛び交う鳥たちといい、地を這《は》いまわる虫たちといい、ブローニュの森では全てが美しかった。

流れすぎる空気までが、薄《うつす》らと青い色を帯びている気がする。風として、それを総身に浴びるほど、自分の汚れがみえてくる。考えていたより、遥《はる》かに汚れていたことを、はっきり自覚させられる。

――全て洗い流してくれ。

そう祈りながら、いくら馬を飛ばしてみても、落ちない汚れというものはあった。それどころか、いっそうの粘度を帯びて、頭にこびりつこうとする。容易に放念できないのは、さっきまで書いていた報告書の文言《もんごん》だった。

恐れられたような告発状ではない。全く別な演説を用意したわけでもない。委員会室で公言した通り、昨夜のサン・ジュストは報告書を書いていた。熱月五日あるいは七月二十三日に公安・保安両委員会の面々が和解を果たした、もしくは果たしたことにした際に、バレールと共同で義務づけられた、あの経過報告書のことだ。

文書のなかでサン・ジュストは、やはり和解を強調した。分裂はないとしながら、なおロベスピエールについての弁護は盛り込まずにいられなかった。

「ロベスピエールのことを、世論を味方につけた暴君と責めるべきでしょうか。いや、諸君らが弁論で祖国に評価されたとしても、それを誰も咎《とが》めたりしないでしょう。あるいは皆の心を虜《とりこ》にすることが、悪だとでもいうつもりなのか」

それと同時に、世に「ロベスピエールの独裁」、あるいは「三頭政治」と呼ばれる体制についても、その非を認めて、あえて固執もしなかった。

「諸君らは十二人の委員に政府を委《ゆだ》ねたはずです。ところが先月の実態などをみると、二人から三人しかいない有様でした」

「正義と祖国のために、諸君らには私の発議を検討する義務があります。六人の委員の署名が記されていないかぎり、どんな委員会決定も暴君の法にすぎないとみなすべきではないでしょうか」

六人の署名が命令の絶対条件となるならば、ロベスピエールの独裁も、三頭政治も成立しえない。自ら権力を手放すような提案をなしながら、サン・ジュストは自分たちだけが譲歩しようというのでもなかった。

「私や同僚たちへの通達もなしに、サンブル・ムーズ方面軍から一万八千人が移動させられようとしました。私は従いませんでした。なぜか。収穫月《メッシドール》一日に下された、そのカルノの命令が実行されていたならば、サンブル・ムーズ方面軍はシャルルロワから撤退させられていたに違いないからです」

「委員会の成員の半分を犠牲にし、残りは共和国の方々に散らしながら、革命裁判所を壊し、パリからその指導者を奪うことで、権力を専横しようとする計画は確かにありました。ビヨー・ヴァレンヌとコロー・デルボワこそ、かかる目論見《もくろみ》の首謀者でした」

等々と列挙して、サン・ジュストは他の委員の横暴も責めた。皆が過敏になっている折りであれば、すわ、告発かと騒がれかねない文言だともいえる。

現にロベスピエール演説では、もっと曖昧《あいまい》な表現さえ警戒された。だからこそサン・ジュストは、はっきり明言するような報告を仕上げたのだ。

「私は名前を挙げた数人の告発を、本報告の結論とはいたしません。私の望みは、その者たちが自ら弁明を試みること、また我々が賢明であることだけなのです。したがって、次の文言の採択を提案いたします。『常に改定される諸々《もろもろ》の制度こそは、政府がその革命的な権限を保ちつつ、専横に傾き、または野心を育《はぐく》み、あるいは国民の代表を抑圧し、その権利を奪うような振る舞いを阻《はば》む術《すべ》を提示するであろうことを、国民公会《コンヴァンシオン》は宣言する』と」

ロベスピエールも、クートンも、サン・ジュストも悪い。カルノも、ビヨー・ヴァレンヌも、コロー・デルボワも悪い。どちらも悪いところがあるが、人を責めても仕方がない。制度を改めることで問題は解決されるのだから、それで足れりとし、また足れりとすることで和解とする分別を持たれたい。そうした真摯《しんし》な願いを籠《こ》めて、サン・ジュストは報告書を、朝までかかって念入りに仕上げたのである。

――まるで大政治家だな。

実際のところ、この報告書なら国民公会で読み上げても、容《い》れられるはずだった。誰もが妥協できる内容になっているからだ。ロベスピエールを恐れ、恐れるあまりに逆上している連中とても、ほっと息をつくことができるからだ。

もちろん、誰でもが演壇に立ったとて、容れられるというものではない。それでも自分が報告者となれば容れられるだろうと、今のサン・ジュストには自負もあった。

政界の重心が微妙に変わりつつあった。というより、サン・ジュストは自分にこそ多くの期待が集まりつつあることを感じていた。

ロベスピエールやクートン、ルバやダヴィッドが頼みにしてくるだけではない。サン・ジュストが感じるところ、ビヨー・ヴァレンヌやコロー・デルボワにしても、やはり自分に小さくない期待を寄せていた。大声で怒りをぶつけてくること自体が、一種の甘えであり、依頼心の表れなのだ。

この男ならなんとかしてくれるのではないかと、こちらに縋《すが》るような気分は、高慢な頑固者のカルノさえ例外ではないように思われる。

「まるでダントンだな」

と、サン・ジュストは呟いた。

21──革命家

知らぬ間に、ダントンみたいになっていたとは。なるほど、今や俺《おれ》も大政治家なわけだからな。ああ、ダントンという男は、やはり大物だったんだな。ああ、ああ、全てを包容してしまう器の大きな人間こそは、常に求められているのだ。ミラボー、ダントンと来て、それが今ではルイ・アントワーヌ・レオン・ドゥ・サン・ジュストというわけだ。

そうやって苦笑に頰《ほお》を弛《ゆる》ませかけるも、サン・ジュストは軽薄に冗談めかすことなどできないと、すぐに気がついた。ああ、苦笑で済まされる話ではない。自嘲《じちょう》の笑みであったとしても、許されるわけではない。

──すでに俺はダントンを否定しているからだ。

ダントンのような政治は認められない。そんな汚い政治は許されない。そんな弛《たる》んだ革命は我慢できない。そうやって全てを否定し、あの巨漢を死に追いやった自分が、いくらロベスピエールを守るため、革命を守るためであったとしても、その物真似《ものまね》をしてはならないのだ。

すれば、直《ただ》ちに自己否定になってしまう。

──なにより、そんな革命は必要なのか。

価値があるのか。守らなければならないのか。そう問えば、サン・ジュストは答えを考えるまでもなかった。否《ノン》だ。明らかに否だ。なんとなれば、革命は常に美しくあらねばならないからだ。

──俺も革命家でありたい。

大きな政治家であるよりも、美しい革命家でありたい。そう願えば、手本は今も輝きを失ってはいなかった。

──ロベスピエールさんは今も美しく……。

サン・ジュストはデュプレイ屋敷に寄った。ブーローニュの森から引き返し、いったん下宿に戻ると、純白のベストとセーム革の上着に身支度を改めてから、一緒に議会に行きましょうと、その先達《せんだつ》と仰《あお》ぐ男を迎えにいったのだ。

ロベスピエールもまた完璧《かんぺき》な身支度だった。白い鬘《かつら》は隙《すき》なく整えられ、クラヴァットは左右の羽根が寸分違《たが》わぬ蝶《ちょう》に結ばれ、なかんずく、なにか思うところがあったか、その日は光沢ある青の上着を羽織っていた。「最高存在《エートル・シュープレーム》の祭典」のときに着ていた衣装だ。フランス革命の精神性を高らかに謳《うた》うための装いなのだ。

それをサン・ジュストは美しいと思った。ロベスピエールは美しい。やはり美しい。

なにゆえかと問うならば、きっと理想があるからだ。その頭蓋《ずがい》のなかは、輝かしい未来で一杯になっているのだ。

——ないのは、今この瞬間の現実だけ……。

そう心に続けたものの、冷やかしのつもりはなかった。ロベスピエールの澄んだ瞳をみつめるほどに、サン・ジュストは冗談にもならないことを思い知るばかりだった。今この瞬間の現実になど、守る価値がないからだ。どれだけ皆を呑《の》みこんで、なるだけ皆を立たせるように奮闘しても、しばらく現状を維持することにしかならないからだ。なにも変わらない。どこも綺麗《きれい》になりやしない。理想なく、未来なく、今の半端な現実しか望めないなら、その革命はすでにして革命の名に値しない。

——変われないフランスに意味などない。

変えなければならない。変われるように力を尽くさなければならない。しかし、ダントンのように今を守ることが、果たしてフランスを変えることにつながるのか。

問えば、それまた答えは断じて否である。自明であるはずなのに、サン・ジュストは今日まで奮闘してきてしまったのである。ああ、とんでもない真似をした。それはロベスピエールさんを守ることではない。

――それどころか、俺はまたロベスピエールさんを汚《けが》そうとしていた。

ひたすら今の充足を求め続ける己の欲の虜《とりこ》になって、また。そう思い出すほどに、サン・ジュストの下腹には今も熱が集まってくる。だから、なのだ。こんな不潔な人間だから、ダントンの物真似などしてしまうのだ。

「ですから、一緒に国民公会《コンヴァンシオン》へ行きましょう」

誘いかけると、ロベスピエールは頷《うなず》いてくれた。

国民公会に向かうと、テュイルリ宮の「からくりの間《マシーヌ》」の入口で、クートンとオーギュスタン・ロベスピエールが待っていた。

二人ながら待っていたのは、ロベスピエールか、それとも不肖サン・ジュストか。そんなことを考えながら進んでいくと、クートンが名前を呼んできたのは、たったの一人だけだった。

「サン・ジュスト」

車椅子《くるまいす》から呼びかけられて、サン・ジュストは今度こそ苦笑した。やはり今が大切なのか。それにしても、クートンは何かいいたげな様子だった。

「どうしたのですか、クートンさん。なにか私に用事でも」

「用事というわけではない。が、さっきまで私はフロール棟にいたのだ」

そうやって始められたところ、クートンは早いうちからテュイルリ宮にやってきて、それも一番に公安委員会室に足を向けたようだった。昨夜の自分と同じように、なにか意図するところがあったのか、いずれにせよ迎えたのが、ビヨー・ヴァレンヌ、バレール、コロー・デルボワ、カルノといった面々だった。

「『なんだ、クートンか』といわれたよ。連中は、サン・ジュスト、君を待っていたんだそうだ。なんでも、国民公会で公《おおやけ》にする前に、報告書の草稿をみせると、約束したそうじゃないか」

「ああ、そのことでしたか」

サン・ジュストは拍子抜けしたような顔で答えた。実際のところ、今の今まで忘れていた。思い出しても、さほど重要な話とも思われなかった。

「けれど、ええ、そのことでしたら、ええ、ええ、確かに約束しています」

「それで、その約束は果たしたのかね」

「いいえ」

「だったら、フロール棟に急いだほうがいい。遅い、遅いと、連中は腹立ち加減だったからな。サン・ジュストは約束を守らないつもりじゃないかとも、疑い始めていたからな」

「はは、相変わらず気の小さいことだ」

そうやって片づけると、サン・ジュストは議会に進もうとした。クートンのほうは顔色を変えた。大いに慌てた様子で、車椅子のハンドルをクルクル回して、追いかけてきた。

「サン・ジュスト、サン・ジュスト、行かなくていいのかね、フロール棟に」

そう確かめられて、サン・ジュストも少し考えた。

報告書は仕上げてある。約束を果たすことは造作もない。その内容とて拒絶されるものではない。あるいは多少の抵抗は示されるかもしれないが、こちらで言葉を足すならば、そのまま納得されるだろう。予定通りに国民公会で発表できるに違いない。

「しかし、なあ」

「まさか、約束を破るつもりじゃ……」

「そんなに大騒ぎするほどの約束でもありませんし」

「いかんぞ、サン・ジュスト、それはいかん。今からでも遅くない。フロール棟には行くべきだ」

「今から？　わざわざ？」

馬鹿らしい、とサン・ジュストは心に吐き捨てた。辟易《へきえき》しながら、ただ鞄《かばん》を開けることはした。取り出した紙片を鞄の上に広げると、羽根ペンの先を舐《な》め舐め、そのまま書き記した文言は、ほとんど手紙ともいえない次のような一行だった。

「諸君らは私の心をボロボロにした。だから、報告書は全て国民公会で明らかにさせてもらう」

小僧を呼んで、駄賃を握らせ、この紙片を公安委員会室に届けるようにと命じると、あとのサン・ジュストは、まっすぐ前だけをみた。

「さあ、いきましょうか、皆さん」

サン・ジュストは顔を俯《うつむ》かせたくはなかった。ああ、俺の顔とて美しいのだ。眉間《みけん》に皺《しわ》を寄せることで、それを醜く歪《ゆが》めることは、もう二度と御免だった。

22――報告

サン・ジュストが国民公会《コンヴァンシオン》に進んだのは、昼の十二時を少し回る時刻だった。

政治活動の時間が夜にずれ込みがちなことから、午前の議会はほとんど使いものにならない。開会されるのが十一時くらいで、それも普通は各種通達の発表と請願の聴取というような、手続き的な議事が扱われるだけだった。

登院したときも、演壇に数人が並んでいた。請願が届けられていたようだが、それも間もなく終わりになる雰囲気だった。

ロベスピエール兄弟とクートンが、山岳《モンターニュ》派の異名に違《たが》わない階段席の高いところに着くかたわら、それと別れてサン・ジュストは演壇まで進んでいった。

この時刻にしても、いつもより出席者が多いようだった。昨日のロベスピエール演説の余波だろうか、とサン・ジュストは考えてみた。告発を予告したと解釈されて、今日の議事に注目が集まっているのか。それとも、いつ逮捕命令が発せられても不思議ではない、怖くて自宅で眠る気にはなれないと、昨夜は皆で泊まりこんだということか。

——いや、俺《おれ》の報告があるからだろう。

他に事態を収拾できる人物はいないと、やはり期待しているのだろう。そう思いつけば、サン・ジュストは溜《た》め息しか出なかった。

演壇に近づいていく途中で、壇上の議長席と目が合った。議長の役目を果たすために、コロー・デルボワは出席していた。公安委員会席、保安委員会席は空《から》なことから、あとの面々はまだフロール棟にいるということだろう。約束が果たされるときを、今か今かと待ちかねているということだろう。

サン・ジュストは議長席に向けて頷《うなず》きを示した。コロー・デルボワも頷きを返し、恐らくは約束通り報告の草稿を下読みさせてきたと解釈したのだろう。公安・保安両委員たちの了解を得たものを議会で読み上げにきたのだと、信じて疑わないのだろう。

コロー・デルボワは手元の鐘を振り鳴らした。

「それではサン・ジュスト議員の報告に移ります。熱月《テルミドール》五日に遂《と》げられた、公安・保安両委員会内の和解に関する経過を、報告してもらいます」

拍手に送られながら、サン・ジュストは壇上へと進んだ。とりあえずは進むしかなかった。ああ、美しい顔をもう二度と俯《うつむ》かせるな。堂々と胸を張れ。見上げる輩《やから》が引き比べたとき、我が身を思わず恥ずかしく思うくらいの美貌《びぼう》を、ここぞと公《おおやけ》に示すのだ。

――しかし……。

サン・ジュストは演台に用意してきた原稿を開いた。しかし、これだけ美しい自分が、こんな無様《ぶざま》な報告を読むというのか。なにせ皆を納得させる報告なのだ。皆に歓迎される提案なのだ。皆に受け入れられる解決なのだ。

――その皆というのが……。

下劣きわまりない連中だった。現に壇上から見渡すほどに、誰もが不安に怯《おび》えるような目をしていた。が、その不安とはフランスの未来に覚えたものか。祖国を案じたあげくに、胸が苦しくなったというのか。いや、違うだろう。不安なのは、自分が危ういかもしれないと、そのことを考えないではいられないからだろう。

――保身の亡者どもめ。

サン・ジュストは目を伏せた。まだ迷いに捕われていた。この報告書を読むのか。俺は読んでしまうのか。読んでしまえば、俺も下劣な連中のひとりになりさがってしまう。それでも読むのか。このまま流されてしまうのか。他に術《すべ》はないというのか。

ざわざわと議場が波立ち始めていた。間が空きすぎたということだろう。なにか意味があるのかと、勘繰《かんぐ》らずにいられないのだろう。醜い。そう唾棄《だき》すればサン・ジュストは、少なくとも醜態を演じることはできなかった。

革命家の美しさというものを、みるものにわからせなければならないからだ。自分の醜さというものを、無理にも自覚させないかぎり、変わろうという意思など生まれるはずもないからだ。

だから顔だけは上げよう、とサン・ジュストは再び自分に言い聞かせた。

テュイルリ宮の「からくりの間《マシーヌ》」も議場になって久しいということか。顔を上げれば、それらしいものも目に飛びこんできた。演壇から右手にはジャン・ポール・マラ、左手にはルペルティエ・ドゥ・サン・ファルジョーと、二人の「革命の殉教者」が肖像画となって飾られていたのだ。

その間に渡されているのが、いうところの「聖なる弧《アルシュ・サント》」である。なかには共和暦第一年、すなわち一七九三年六月の憲法が収められていた。せっかく制定されたものの、国家の非常事態ゆえに封印され、未《いま》だ施行をみていない憲法である。

それは憲法というような平時の秩序が、いいかえれば安易な連中の楽観が、決して解き放たれることがないよう、「革命の殉教者」が二人ながら見張っているようでもあった。であるがゆえに、「聖なる弧」と呼ばれるにふさわしいともいえる。

感動すら覚えれば、サン・ジュストは再び自問に捕われた。それなのに、俺は読み上げてしまうのかと。また手元に目を落として、報告書を読み上げてしまうのかと。

「私はどの党派を代表するものでもありません」

と、サン・ジュストは始めた。始めてしまった、という思いだった。

「それどころか、全ての党派と戦うつもりです」

　ざわつきが高くなった。「戦う」という強い言葉に反応したのだろうが、割合すぐに引けていった。

「党派というのは、公的な自由を制限し、そのうえで人々の思い上がりを屈服させる制度を打ち立てるのでないならば、決して根絶されえないものなのです。そうした真実を口にする勇気を持った者にとって、この演壇はローマの都で国事犯を突き落としたというタルペイアの岩に等しいのかもしれません。それでも私は良心と交わした契約を反故《ほご》にはできないと考えたのです」

　議場は、しんと静まりかえったままだった。孤立さえ恐れないという、こちらの真意が伝わったということだろう。そう読めば、またぞろサン・ジュストの心は重くなる。期待されているということだからだ。その期待がダントンと同じように、この俺をも堕落させようとするのだ。

「諸君らの公安委員会ならびに保安委員会は、最近まで公論を悩ませてきた不和について、諸君らに報告せよと私に命じました」

　そこまで続けたとき、演壇のサン・ジュストからはみえた。議場奥の扉が開いた。逆光だったが、そのボサボサした長髪の感じから、現れたのはビヨー・ヴァレンヌのようだった。

さらに数人が後に続いて、恐らくはフロール棟に紙片が届けられたのだろう。報告の中身を事前に知らされないと知るや、血相変えて飛んできたということだろう。

それにしても面々は、大した慌てようだった。あげくに足までもつれたか、途中の通路で転んでしまう者までいた。

――不意打ちの告発でも、やられると思ったのか。

ふんと鼻で笑いながら、サン・ジュストは報告を続けた。

「この夜のことです。委員会の数人は私の心を閉ざしてしまいました。ゆえに私は諸君らに対してしか話したくありません」

パラパラと拍手が起きた。思えば不敬な、その分だけ勇気ある拍手だった。やはり公安・保安両委員会は嫌われている。議会をまとめることはできる。

「政府は分裂していると、そうも広められかけました。が、実際には分裂などしていません。いえ、ですから、その数人について話しています」

演説が少し乱れた。刹那《せつな》サン・ジュストは原稿から注意を逸《そ》らされていた。

議席に動きがあった。ひとりの議員が立ち上がり、通路を演壇に近づいてくるのだ。

なんの脈絡もない動きだった。報告に反感を覚えるとすれば、公安・保安両委員会の面々で、それは議会に姿を現したばかりだった。まだ議席の後ろのほうにいる。不意に立ち上がった議員は、はじめから中段より前寄りにいたのだ。

関係ないか、ともサン・ジュストは考えた。小用か何かで中座するだけなのだと、用意してきた報告書に戻りかけた。

「嫉妬心《しっとしん》がその影響力を増大させ、それゆえ過度に存在感を増しているような数人は、先ほどの話に出た報告というものを私にさせることで、一致団結することになりました」

そうして再開した間にも、その議員は前進を続けた。逸れて出口に向かうのではなく、まっすぐ演壇に向かってきた。左右とも目尻を吊《つ》り上げ、また額から顎《あご》まで顔中を紅潮させながら、ほとんど危うい感じすらある。

そのせいでわからなかったが、長い鼻がだらしない容貌には覚えもあった。

――タリアンか。

ボルドーでやらかした無茶で罷免《ひめん》され、パリに召還された地方派遣委員である。フーシェ、フレロン、バラスらと並んで、告発は当然といわれた犯罪者のひとりなのである。

23──醜い

追いつめられる気分はわからないではない。が、それは現下の焦点ではなかった。土台が二義的な問題でしかなく、あくまで国政の浮沈がかかるのは、公安・保安両委員会の内部にはびこる不和のほうなのだ。

タリアンのような雑魚《ざこ》は、お呼びでない。サン・ジュストは続けた。

「その数人は、私が個人的な敬意から全員を和解させることに同意していると考えて……」

それでもタリアンは演壇に登ってきた。肩をあてるようにして、サン・ジュストを押しのけると、自らが演台に組みついた。

「報告者はどの党派を代表するものでもないと始めた。私もそうだといいたい。そして真実をいうのだとも。当たり前だ。良き市民というものは、公事を台無しにするような不吉な予兆に、涙を堪《こら》えることができないのだ」

思わず噴き出しそうになった。「公事を台無しにする」とは、よくもいったものだ。サン・ジュストは思い出したのだ。

タリアンが追い詰められているといえば、情婦のテレサ・カバリュス、つまりはボルドーで縁づいたスペイン女が、すでに逮捕の身の上になっていた。のみか、今日明日にも裁かれ、すぐさま処刑される予定なのだ。

そういえば、密偵も報告していた。自分を助けるために、なにもしてくれないのかと、その情婦は薄情を詰《なじ》る手紙も送りつけたらしかった。それでタリアンは一気に追い詰められてしまった。我が身の危険が差し迫ったものでなくても、動かずにはいられなくなった。

「分裂がないなんて嘘《うそ》だ。分裂はいたるところに広がっている。昨日だって、政府の一員が全く違う報告をしたではないか。そして今日は、また別な一員が諸君らに語りかけようとしている。それも勝手きわまりない話で、党派も関係なければ、どうやら公安委員会の意を受けたものでもなさそうだ。専《もっぱ》ら自分の名においてだというのだ」

タリアンは続けた。ああ、祖国は悪くなるばかりだ。だから、私はここに来たのだ。全ての幕が、そろそろ剝《は》ぎ取られるべきではないのかと、諸君らに問うためだ。

「…………」

黙らせようと望めば、できないわけではなかった。ああ、鉤《かぎ》なりに曲げた肘《ひじ》で押し返され、不服げな目を向けられれば、刃物さながらの眼光で睨《にら》みかえし、タリアンごときに沈黙を強《し》いるのは造作もないことだ。

気迫で負けるものではない。人間の格が違うとも思う。相手も追い詰められていたが、なおタリアンなど敵ではないと、サン・ジュストは思わずにいられないのだ。

「剝ぎ取られるべきだ。剝ぎ取られるべきだ」

議場も一部が騒ぎ始めていた。あるいは切迫したタリアンとて、自分の思いだけで走ったわけではないのかもしれなかった。それこそフーシェ、フレロン、バラスらと謀《はか》りながら、他の議員の取り込みに奔走していたかもしれない。いや、恐らくは間違いなく奔走していて、ことによると、すでに議会の多数を押さえているのかもしれない。

――だとしても、この俺《おれ》の敵ではない。

演台さえ取り戻せば、演説ひとつで全てひっくり返してみせる。その演台を取り戻すことも造作ない話であれば、なんら青くなるような危機ではない。

それが証拠に、サン・ジュストは落ち着いていた。事態のあらましを理解すれば、慌てるまでもなかった。それでも押しのけられるまま、再び前へと動こうとはしなかった。

「醜い」

そう小さく呟《つぶや》きながら、サン・ジュストは演台に戻るどころか、一歩、二歩と後ろに引いた。なんとなれば、醜い、汚い、あまりに臭《くさ》い。つきつめれば、タリアンの動機は女なのだ。欲望が猛《たけ》るまま、ぬるぬるしたところに突っこんで、吐き出すものを存分に吐き出したいと、それだけの話なのだ。

――なるほど、大切なことだ。

ああ、わからないわけじゃない。ああ、悪いというつもりもない。ああ、それこそは人間が生きているという証《あかし》だ。ひとりタリアンのみならず、騒ぎ始めた議場のほとんど全員が、要するに己《おの》が欲のために生きているのだ。

――だから、醜い。

こんな奴《やつ》らのために働いてやる義理はない。うまくまとめて、すっかり背に負い、その重荷に堪えてまで、こんな革命を進めたいとは思わない。

それはもう、革命ではなくなっているからだ。政治でしかなくなっているからだ。理想は四散してしまい、あとには現実を追いかけることしか残されていないからだ。それが毒虫さながらの生命力で、しぶといばかりに生き、また増えようとするタリアンのごとき輩《やから》を相手にする仕事であれば、もうサン・ジュストには完全に御手上《おてあ》げだった。

――そこに一体なんの意味がある。

新しい影が駆けこんできた。ビヨー・ヴァレンヌだった。タリアンの登壇に刺激されたのかもしれないが、それこそは本来的な渦中の人物である。

「昨夜のことがあるというのに、サン・ジュストが演壇にいるなんて驚きだ。というのも、この男は両委員会に約束したのだ。国民公会《コンヴァンシオン》で読む前に報告書の草稿をみせるといったのだ。危険と判断されたなら、廃棄してしまうといったのだ」

腕組みのサン・ジュストは、無言のままの冷笑だった。はん、かたやの主役という割には、やけに小さな話にこだわるものだな。

「昨夜のジャコバン・クラブだって、ひどかった。自分の意見を表明できない、というか、表明する自由を侵害するために送りこまれた連中で、もう一杯になっていた。いってみれば、昨夜は国民公会の喉《のど》を裂こうという計画が、公然と練られていたのだ」

サン・ジュストの冷笑は不変である。というのも、ははは、今度は私怨《しえん》だ。ジャコバン・クラブを追い出されて、ははは、昨夜は随分と悔しかったらしい。

「議員なんか殺してやると、大声で打《ぶ》ち上げた奴もいた。ああ、私はみている。国民の代表でもないというのに、今ここで山岳《モンターニュ》派の議席に座っている。ああ、その男だ」

ビヨー・ヴァレンヌは議席の高いところを指さした。告発されて、ひとりが立ち上がり、大慌てで逃げ出したが、それはサン・ジュストさえ覚えがないような男だった。議員ではないというからには、きっとジャコバン・クラブの平の会員なのだろう。

「逮捕せよ、殺人者を逮捕せよ」

そう議場に声が上がると、ビヨー・ヴァレンヌは満足げに頷《うなず》いた。が、あんたは全体なにがやりたいというんだ。すっかり舞い上がってしまって、もしや頭が混乱してしまっているのか。

「真実をいうときがきた。公安・保安両委員会になされるべき非難があるとしたら、それは、あまりに奥ゆかしすぎたということだ。悲痛な分裂が広がる事態を恐れるあまり、沈黙を守ってしまったことなのだ。サン・ジュストは委員会で約束した。この演壇でなされていた報告は、その前に我々に提示されるはずだったが、実際は、そんなことはなかった。ということは、今やはっきりしている。国民公会は喉を裂かれる危機に曝《さら》されている」

どうして、そうなる。もしか頭の捩子《ねじ》が抜けて、おかしくなってしまったのか、ビヨー・ヴァレンヌ。変わらず冷ややかにみつめながら、サン・ジュストはひとつも介入しなかった。

目を向けられ、返答を求められることがあっても、傲岸《ごうがん》に無視して捨てた。ただ静かな心で、安堵《あんど》の言葉を繰り返すだけだった。ああ、俺は助かった。醜い現実に流されずに済んだ。要するにダントンにならずに済んだ。

——これで、ようやく顔を上げたままでいられる。

美しい顔を隠すことなく、きさまらとは違うんだと、常に仄《ほの》めかすことができる。悔しいならば、革命に殉じることだと。きさまらも、ひとつ理想を持つことだと。美しく変わる努力をすることだと。

——その手本となるべく、俺は現実を超越する。

それがサン・ジュストの結論だった。

24——発言を

さすがのロベスピエールも、椅子《いす》に腰を下ろしたままではいられなくなった。報告を始めて間もなく、サン・ジュストは演台から退けられた。自分から退いたようにもみえたが、いずれにせよ、それきりで戻らなかった。

もはや事件である。自分が演説したときにも、野次られ、あるいは詰問され、はたまた名前を挙げるようにと、議席から求められる場面はあった。が、演説そのものを遮《さえぎ》られはしなかったのだ。

あるいは仮に遮られても、大人しく遮られたままにはしておかなかった。ましてやサン・ジュストとなると、従前は僅《わず》かな妨害も認めず、それこそ野次ひとつ許さなかった。その不可解な下がり方を含めて、目の前で起きつつあるのは、明らかに事件なのだ。

——このままでは、いけない。

ロベスピエールを立ち上がらせた衝動は、長く議会に生きた人間の本能のようなものだった。ああ、まずは動き出さなければならない。なにがいけない、これがいけないと、いちいち理屈で分けている暇はない。

もちろん、ロベスピエールに先んじて、山岳派《モンターニュ》も動いていた。

「話が飛躍している。国民公会《コンヴァンシオン》の喉《のど》を裂くなんて、話が飛躍しているぞ」

「ああ、ここで問題とされるのは、昨夜のジャコバン・クラブで吐かれた暴論なんかじゃない」

「両委員会とサン・ジュスト議員の間に、どんな約束があったか知れないが、それこそ個人的な話じゃないか。議会には、なんの関係もない話じゃないか」

野次は飛んだ。しかし、容易に届かなかった。

「国民公会ばんざい、国民公会ばんざい」

意味のない連呼が、議席のあちらこちらから上がっていた。はじめから妨害が意図されていたかのようだった。いや、実際に山岳派の野次など掻《か》き消すつもりなのだろう。

そのように打ち合わせていたのだろう。

業《ごう》を煮やして、駆け出したのがルバだった。盟友のサン・ジュストを救わなければならないと、そうした意識が人一倍働いたに違いなかった。まだ二十代の若さもあり、物《もの》凄《すご》い勢いで壇上に上がったが、それを迎えたのは、腕が振れるかぎりに振られ、耳が痛いくらいに鳴らされ続けた、議長の鐘の音だった。

「市民ビヨー・ヴァレンヌが発言中です。他の発言は認めません」

あちらも盟友を庇《かば》うつもりか、コロー・デルボワは議長の権限を行使した。

「議長、ルバの発言を認めろ」

ルバに話させろ。ルバに話させろ。山岳派は声を張り上げ、ビヨー・ヴァレンヌを下がらせようとするのだが、コロー・デルボワは曲げなかった。議長席に近づいたのが、禿《は》げ頭を隠すために後ろの髪を全て前に撫でつけている男だった。ジャック・アレクシ・テュリオは精力家で、確かに声も大きかったが、今は一介の議員にすぎないはずだ。それが議長に二言三言を耳元で囁《ささや》かれると、断固たる口調で繰り返したのだ。

「市民ビヨー・ヴァレンヌが発言中です。市民ルバの要求は却下します」

大声にも励まされて、ビヨー・ヴァレンヌは演台を占め続けた。ひどく興奮しているのか、あるいは怒りがすぎたせいか、その話しぶりは変わらず粗末で、しかも脈絡がなかった。国民衛兵隊の指揮官を告発せよと叫んだかと思えば、今度はロベスピエールを非難する。自分の意見が通らないからという理由だけで公安委員会を欠席したとか、誰かを弁護するときは必ず美徳の話をするとか、かなり前から国民公会を抹殺《まっさつ》する計画を練っていたとか。

「だから、もう許せません。暴君のもとで生きようと思う者は、すでにして国民の代表ではないのです」

壇上には、公安・保安両委員会の他の委員たちも上がり始めていた。面々もまた、暴君に抗《あらが》わなければ国民の代表ではない、議員を名乗る資格もないと連呼しながら、やはり山岳派の声を圧殺しようと嵩《かさ》にかかっていた。

――この期《ご》に及んでは、私が出るしかない。

と、ロベスピエールは思わざるをえなかった。自分が話せば、なんとかなる、とも自負が疼《うず》いた。が、我こそ公安委員会の指導者だとか、政界の第一人者として最大の影響力を振るえるとか、そうした驕《おご》りからではなかった。

そんなもの、すでに崩れ始めている。暴君とか、独裁者とか、故意の中傷が加えられ、権力の座などはもはや砂上の楼閣にすぎない。

それでも自分の正しさには、今なお絶対の自信があった。ああ、沈黙するべきではない。ああ、サン・ジュストは間違っている。なにか事情がある話なのかもしれないが、なお口を噤《つぐ》むべきではない。己が信じるところを託《たく》して、言葉だけは発し続けなければならない。

――さもなくば、それこそ国民の代表を名乗る資格はない。

それが最後の最後に残された、ロベスピエールの気概だった。

ロベスピエールは通路に出た。その様子を見咎《みとが》めたか、早足で階段を下りていく間にも、議席からは大声の野次が上がり始めた。当の暴君が出たぞ。誰か止めろ。誰か止めろ。こんな男に議事を邪魔させるんじゃない。

「暴君を倒せ《ア・バ・ル・ティラン》」

暴君を倒せ。暴君を倒せ。大合唱にさえなったが、ロベスピエールはあきらめなかった。構うことなく壇上に上がり、まっすぐ演台に向かったのだが、今度はコロー・デルボワが、例の鐘を物凄い勢いで振り鳴らした。

負けるものかと、ロベスピエールは演台に組みついた。声のかぎりを吐き出したが、そのたびに潰《つぶ》された。暴君を倒せの大合唱は止《や》まなかった。コロー・デルボワから手渡されて、今度はテュリオが専《もっぱ》ら鐘の鳴らし役だった。

――私の言葉を奪う気か。

ロベスピエールは演台を両手でつかみ、すっと大きく息を吸った。それが吐き出される寸前に狙《ねら》いを定めたようにして、暴君を倒せの声が猛《たけ》り、耳が痛いくらいに鐘も鳴らされる。

どれだけ自分の言葉を信じても、その正しさに自信があっても、これでは伝わりようがない。これしかないという力を完全に封じられ、まさに手足を捥《も》がれたも同然だ。

――こんな非道に……。

訴えるのか。今の議会は手を染めてしまうのか。ロベスピエールは俄《にわ》かに信じられない思いだった。周到に打ち合わせ、発言封じを計画したのは、コロー・デルボワやビヨー・ヴァレンヌたちなのか。あるいはタリアンやフーシェの一味が陰で動いたのか。首謀者は知れないながら、これほどまでの非道を、議会が、少なくとも議員の少なからずが認めたという現実が、どうにも信じられなかったのだ。

――かつてない話だ。

フイヤン派が話を聞かないときはあった。あげくに審議拒否もしたが、こちらの言葉を封じることはしなかった。パリの群集に圧力をかけさせることはあった。それでもジロンド派が言葉を発せられないわけではなかった。なんとなれば、議会は言論の場だからだ。ひとたび裁判が行われれば、あのルイ十六世にまで発言が許されたのだ。

――しかし、場所を革命裁判所に移せば……。

ロベスピエールは思い出した。ダントンたちの発言は封じてしまった。議会ではなかったとはいえ、事実上その弁明を禁止した。

「…………」

25――収拾を

ほんのはじめの言葉が、実に十一回も潰《つぶ》された。十二回目を試みるより、とうとう議場に背を向けながら、ロベスピエールは嘆いた。言葉を発したのは、議長席に向けてだった。

「いかなる権限で、議長は殺し屋どもを守るのか」

今度は邪魔されなかった。が、声が届いた分だけ、いっそうの騒ぎが生じた。

「殺し屋とは、どういう意味だ」

「きさまこそ、殺し屋ではないか」

「ああ、何千人、何万人と殺している」

「なかんずく、エベール派を殺した。ダントン派を殺した」

ロベスピエールは言葉に詰まった。そのせいか、騒ぎを制しにかかるテュリオの鐘も、先刻までと比べれば遥《はる》かに優しい鳴らされ方だった。

肩に痛みを覚えたのは、そのときだった。脇《わき》から肘《ひじ》で押してきたのは、タリアンだった。ぎょっとならざるをえなかったのは、刹那《せつな》きらりと白い光が弾《はじ》けたからだった。刃物だ。刃物が振り回されている。

「この男は国民公会《コンヴァンシオン》議員の追放名簿を作っている」

と、タリアンは再び始めた。新しいクロムウェルは軍隊も用意している。今や策謀が愛国者を押しつぶそうとしているのだ。

「だから、私は短剣で武装してきた。もし国民公会が、悪人を裁かれるべき裁判所に引き渡さないというならば、そのときは自ら暴君に報いてやるためだ」

訴追命令を決議しよう。ロベスピエールの暴政が強《し》いた抑圧から、今こそ抜け出そうじゃないか。ああ、愛国的なジャーナリストを議会に呼び戻そうじゃないか。そう続けたタリアンが、パリ国民衛兵隊司令官アンリオも悪い、同国民衛兵隊副司令官ラヴァレットも悪い、革命裁判所所長デュマも悪いと続けると、議事の行方は妙な風向きになった。

また前に出てきたのがビヨー・ヴァレンヌだったが、同じくアンリオとラヴァレットの逮捕を求めながら、その理由についてはエベールの共犯者だったからとしたのだ。

「ダントンを告発したのは私だ。ロベスピエールは逆に弁護しようとした」

これでダントン派の残党、ブールドン・ドゥ・ロワーズ、ルコワントル・ドゥ・ヴェルサイユ、メルラン・ドゥ・ドゥエイらは、口を挟みにくくなった。大勝負に出ていたタリアンにいたっては、俄《にわ》かに色を失った。フーシェ、フレロン、バラスの類《たぐい》も、恐らくは議席に隠れる気分だったに違いない。

「………」

ロベスピエールはといえば、啞然《あぜん》とならざるをえなかった。

もうひとりの国民衛兵隊副司令官ブーランジェも悪い、将校のデュフレーズやドービィニイも悪いと告発の声が続くと、議員バトリエが指揮官の職が空席になるならば暫定《ざんてい》的《てき》に後任を任命しようと進め、保安委員ヴァディエが騎兵隊のエラール将軍はどうかと受け、ビヨー・ヴァレンヌがこれからの指揮権は持ち回りにするべきだと異議を唱えと、いよいよ議論は国民衛兵隊の処遇に集中することになったのだ。

あげくに登壇したのが、ベルトラン・バレールだった。

サン・ジュストと同様に、公安委員会ならびに保安委員会の代表として和解の報告を行うようにと義務づけられていた、あのバレールである。時々刻々と変わる政局を見極めながら、巧みに落としどころを探り当てる、あの仲裁と妥協の名人バレールなのである。

革命政府の活動は公安・保安両委員会の合意でなるが、その内部で数人の裏切り者を救おうとする密謀があったようだ。しばらく前から革命政府の形は歪《ゆが》められてきた。それが是正されたとしても、国民衛兵隊の編成は暴君のそれと酷似しており、ゆえに危険に感じられる。そう話を転じたあげくに、議会を通させた法案は、次のようなものだった。

「一、パリ国民衛兵隊の軍団指揮官より上位の指揮職は本日付で全て廃止する。

二、国民衛兵隊はその最初の編成に戻される。したがって、各軍団の指揮官は交互に衛兵隊将軍の称号を与えられる。

三、パリ市長、その国選吏員《りいん》たる助役、国民衛兵隊を指揮する者は、国民公会の保全に励み、かつまたパリに起こりうる全ての問題に対応しなければならない」

危険なのは武力の発動であり、国民衛兵隊を無力化すれば足りるという論法である。逮捕も革命裁判所所長デュマを唯一の例外に、アンリオ、ラヴァレット、ブーランジェ、デュフレーズ、ドービィニイと、国民衛兵隊の関係者に留《とど》められた。

――そういうことか。

ロベスピエールにも、ようやく話がみえてきた。タリアンの乱入は恐らく、公安・保安両委員会の面々にとっても、予想外の事件だったのだろう。サン・ジュストの約束破りもあって、ビヨー・ヴァレンヌは慌てた。コロー・デルボワも慌てた。が、途中から冷静な判断を取り戻したのだ。

それを代表したのがバレールで、要するに話を小さくすることで事態の収拾を図った。

ロベスピエール弾劾《だんがい》にまで話を大きくしてしまえば、その勢いで議会は公安・保安両委員会の廃止にまで進みかねない。自らの政権参画も反故《ほご》になり、のみか事後の政界遊泳も困難を極めると、そう読んだあげくの落としどころだったのだ。

——この展開をサン・ジュストは見越していたのか。

とも、ロベスピエールは考えた。妥協はなる。和解の体裁は壊されない。だから、抵抗するまでもないとして、自ら演台を退いたのか。妥協も成立しないような敵を、かえって炙《あぶ》り出すことができるとも計算したのか。

バレール発議を決議したあと、議会はだれた。一件落着したような安堵感《あんどかん》が流れ、午後四時を回る頃《ころ》には、笑い声さえ飛び交った。

演壇を占めていたのは、保安委員のヴァディエだった。この期《ご》に及んで取《と》り沙汰《ざた》したのが、相変わらずのカトリーヌ・テオ事件だった。その罪だけは問わなければならないとか、革命裁判所で立件できなかったのは、ロベスピエールが圧力をかけたからだとか、またぞろ騒ぎ始めたのだ。

あげくが、ロベスピエールは六人の密偵を使っていた、国民公会の議員たちをつけまわさせ、その報告をもとに告発を用意したと、昨日までの話に逆戻りである。

「いいえ、私もタシェローという名の密偵をひとり抱えています。ロベスピエールを監視させてきたのです」

そう告白したからこそ、少なからぬ議員の失笑を買ったのである。

「陰でそんな真似《まね》をして、どの口でロベスピエールさんを責める」

「告発を用意したのは、ヴァディエ、あんたのほうなんじゃないか」

山岳《モンターニュ》派に野次られると、いや、そうじゃないと抗弁して、あげくにタシェローとかいう密偵まで演壇に呼び出した。

「ほら、おまえがみたことをいえ」

「あの、その、市民ロベスピエールは書き物をしていました」

「それが告発状だったんだろう」

「わかりません。そんなことといってませんが……」

失笑に留まらない、笑い声まで聞こえた。ロベスピエールが保安委員会を責めたことは事実だ。自分だけが自由を救えるともいった。ところが、保安委員会は公安委員会に逆らったことなど一度もない。いつも公的善のために熱心に働いた。なおヴァディエが繰り言を続けるほどに、笑い声が大きくなるばかりだった。

「議論を本筋に戻そう」

断ち切ったのが、タリアンだった。

「私も本筋に戻すことができる」

ロベスピエールも受けて立った。バレールの落としどころに、こちらも納得できたわけではなかった。

恐らくはタリアンらが巡らせた策なのだろうが、言葉を封じる非道は罷《まか》り通らなかった。それは当然の話であるし、もちろんロベスピエールにすれば、自分が弾劾されるというような話はありえない。卑劣な陰謀が阻止されるのも、やはり当然でしかない。

――が、なお正義が行われたわけではない。

不当な中傷が取り消されたわけでもない。であるならば、これで終わりにはできない。タリアン、それにフーシェ、フレロン、バラスなどは別として、バレール、ビヨー・ヴァレンヌ、コロー・デルボワたちは、これで手打ちにしたいのかもしれなかった。穏《おん》便《びん》な解決を望んでいる、いいかえれば先般の和解に固執し、あるいは再度和解したいと考えているとしても、それならそれで、こちらにも譲れない条件があるというのだ。

26――思わぬ告発

議長席に座るのは、すでにしてテュリオだった。タリアンらに懐柔されていたのは、テュリオのほうだったかもしれない。

テュリオが発言を許可したのも、タリアンのほうだった。

さっきまで紅潮していた顔は、すでにして黒ずんでいた。かわりに赤くなったのが双眼で、吊《つ》り上がるよりも垂れたそれは濡《ぬ》れ光り、涙を溜《た》めるようにもみえた。

「ロ、ロロ、ロベスピエールという男は、元来が卑劣だ。祖国の大きな危機には、必ず逃げ隠れしていた。ああ、そうなんだ、八月十日のときだって、そうだ。パリ自治委員会に姿を現したのは、暴君が排除されてから三日も後のことだった」

ロベスピエールは無言のまま、冷たい眼差《まなざし》だけくれてやった。それが、どうした。なんの関係があるのだ。そうやって、突き放したつもりだった。

「そ、それだけじゃない。ロベスピエールは一存で逮捕を命令したこともある。ああ、そうだ、ア、アア、アンディヴィズィビリテ街区《セクシオン》の革命委員が逮捕されたのだって、ロベスピエールの独断だった」

話が方々に飛んで、もう支離滅裂だ。もはやタリアンなど、睨《にら》みつける価値もない。

ロベスピエールは議長席に向いた。

「これが最後です。人殺しどもの議長よ、どうか私に発言させてほしい」

「駄目です。君の番が来るまでは駄目です」

議長席のテュリオは、やはりの返答だった。強引に演台に組みついても、また鐘を打ち振られるだけだ。あるいは迎え撃つのは「暴君を倒せ」の大合唱のほうかもしれないが、いずれにせよ一味の謀《はかりごと》にすぎない。

ロベスピエールは慌てなかった。もう勝敗は決している、一味を打倒するのは容易だと考えていた。ああ、タリアンやフーシェの輩《やから》は断罪《だんがい》できる。私が告発しなくても、できる。議会は今こそ自らの意思をもって、面々の弾劾を決めるのだ。

ロベスピエールはその顔と身体《からだ》を、右の議席に振り向けた。

山岳《モンターニュ》派にせよ、そこから分派したエベール派やダントン派にせよ、さらに派遣委員として地方に飛んだ議員たちにせよ、政権の身辺にいたからには、大局的には左派である。そこから中道派までは、懐柔が進んでいるかもしれない。が、右派までは手をつけられていまい。

かつて右派まで利用したのは、かの大ミラボーとダントンくらいのものだった。それを真似《まね》られるとすればと、ロベスピエールは多少の気分の高揚にも駆られていた。

「諸君、かくも純粋なる人々よ」

と、ロベスピエールは始めた。勇敢な人々よ。私が頼りにするのは諸君だけだ。

「あの殺し屋どもが私に認めなかった発言権を、どうか私に与えてほしい」

しい、しい、しい、しい、と語尾の木霊《こだま》が聞こえた。固唾《かたず》を呑《の》んで耳をすませば、数秒後には嵐のような拍手と賛同の言葉が立ち上がるはずだった。

「…………」

議場は静かなままだった。

——どうして……。

そこにタリアンの一派はいないはずだ。私の発言を阻《はば》むのは、タリアンの一派だけなはずだ。私から言葉を奪うことは、ビヨー・ヴァレンヌやコロー・デルボワさえ望んでいない。公安・保安両委員会の大半が望んでいない。つまりは、この国民公会《コンヴァンシオン》の大多数が望んでいない。少なくとも右派が頓着《とんちゃく》するわけもない。どのように考えてもロベスピエールには、その静けさの意味がわからなかった。

「発言が許されたところで、君は発言できるのか」

不意の声が静けさを突いて破った。

「ダントンの血が君の喉《のど》を詰まらせているのじゃないか」

ロベスピエールは発言者の姿を探した。右の議席にはいない。左のほうだ。不敬な声を上げたのは、金髪を長くしている男だった。旧シャンパーニュ州、今のオーブ県の選出議員で、確か名前はガルニエだ。なるほど、そういうわけか。

「ダントンの復讐《ふくしゅう》をしたいのか。臆病者《おくびょうもの》め、それならば、どうして君はダントンが生きているうちに、ダントンを守ってやらなかったのだ」

ロベスピエールが返すと、議場は再び静けさに包まれた。剣幕に押しこまれたようでもあるが、こちらとて容易に口を開けるわけではなかった。

――こんな議会は覚えがない。

ロベスピエールは困惑を禁じえなかった。その静けさは、すでにして不気味だった。そこはかとない冷ややかさから自《おの》ずと感じざるをえないところ、受け入れてくれるような空気は皆無である。むしろ、逆だ。萎縮《いしゅく》しているのではない。遠巻きに冷笑するにも留《とど》まらない。この静けさは敵意だ。この議会は全体で、私に敵意を抱《いだ》いているのだ。

「要求します」

また議席に声が上がった。アヴェロン県の選出議員で、名前はルーシェとかルースとか、いずれにせよ、よく覚えていたものだと我ながら感心するほど、これと目立つような働きもない議員だった。

その政局とは無縁なような国民の代表が、確かに要求の声を上げたのだ。

「ロベスピエールの逮捕を」

ロベスピエールは刹那《せつな》くらりと頭が揺れた気がした。逮捕といったのか。この私の逮捕といったのか。革命のためだけを考え、常に正しいことだけを論じてきた、この私を逮捕せよと。

それは思わぬ告発だった。信じられない。信じたくない。そう言葉が胸に湧《わ》いたのは、もう信じるしかない現実が、直後から目の前に立ち上がったからだった。それまで音もなかった議会が、このとき一気に静から動に転じたのだ。

「投票を《オ・ヴォワ》」

誰かが受けた。投票が提案されると、あとの議場は挙手に次ぐ挙手だった。ああ、投票しよう。ロベスピエールの逮捕を、すぐさま投票にかけよう。

「投票を、投票を」

「待ちたまえ、待ちたまえ」

慌てたのが、本来の議長のコロー・デルボワだった。もうテュリオに席を譲れる事態ではないと悟ったのだろう。このままでは議事が不本意な方向に進むと危ぶんだのだろう。

「未解決の案件があります。ルーシェ議員の発議については、そちらの審議を尽くしてから、あらためて……」

議員たちは、もう投票に並び始めていた。議長の制止にも耳を貸さず、議会は暴走を始めた。いや、真の国民の代表として、ようやく自らの決断で、自らの意思を示そうとしたというべきか。

——ということは、これがフランスの意思なのか。

ロベスピエールは呆然《ぼうぜん》と呟《つぶや》いた。私の逮捕が……。恐怖政治《テルール》の終息が……。徳の政治の破綻《はたん》が……。革命の終焉《しゅうえん》が……。

いや、そんなはずはないと、ロベスピエールの心は反発した。私は正しいからだ。その正しさが、うまく伝わらなかっただけだ。なるほど、ひどく妨害された。なるほど、満足に伝わらなかった。

——伝わりさえすれば……。

ロベスピエールは再び発言を試みた。今度こそ演台を占めるのだと、意を決して突撃したが、そこに待ち構えるのはタリアンでもなければ、テュリオでもなかった。邪《よこしま》な政変を企《たくら》む連中がいたどころか、大きな壁をなしていたのは、党派の利害も持たないような無名の議員の群れだった。

投票の列は壇上の投票箱まで延びていた。ならばとロベスピエールは列に割りこもうとするのだが、何度試みたところで撥《は》ね返されるだけだった。

というのも、無理をするわけにはいかなかった。暴力で議員にいうことを聞かせるわけにはいかないからだ。国民の代表というのは、そうまで神聖不可侵な存在なのだ。

――邪な輩が紛《まぎ》れることも事実だが……。

術《すべ》もなく立ち尽くすロベスピエールに、ここぞと言い放つ冷笑顔のフレロンは、やはり元のダントン派である。

「下がりたまえ、ロベスピエール。そこはコンドルセの場所だ。ヴェルニョーの場所だ」

「黙れ、この山賊め。卑怯者《ひきょうもの》の偽善者め」

「うるさい、ロベスピエール、おまえこそ怪物ではないか」

怪物を逮捕せよ。この恐るべき怪物を今すぐに逮捕せよ。さすれば、自由と共和政は、破滅の危機を脱したことになる。そうしたフレロンに鼓舞されて、再度の大合唱が起きた。

「暴君を倒せ。暴君を倒せ」

一味の輩にすぎない。そう看破しながらも、ロベスピエールは絶望を吐露するしかなかった。ああ、議長、これだけは聞いてほしい。

「私は要求する。私に死が贈られることを」

他に言葉もないというのは、暴君を倒せと騒ぎ続ける連中に、誰ひとり掣肘《せいちゅう》を加えようとしなかったからである。それが議会の意思なのだということだ。一握りの徒党の意思ではなく、全体の意思なのだということだ。穏便《おんびん》な解決で済まそうというのが、かえって一握りの意思にすぎなかったのだ。フランスはマクシミリヤン・ロベスピエールという革命家を、もう見限ったということなのだ。

——なお私は正しいにもかかわらず……。

ロベスピエールは叫んだ。共和国は滅びた。山賊どもが勝利した。

27――保安委員会室

逮捕されると、連れて行かれた先がブリオンヌ館の保安委員会室で、午後五時にはならないくらいの時刻だった。

在室したのは、保安委員のヴァディエとアマールだけだった。しかも、である。

「こうなったからには無実の囚人を解放しなければならない」

「ああ、パリ中の牢獄《ろうごく》と急ぎ連絡を取らなければならない」

そうやって二人でブツブツ囁《ささや》き合うだけで、こちらには言葉らしい言葉もくれなかった。

かわりといおうか、運ばれてきたのが夕食だった。ポタージュに、粗塩《あらじお》を振って焼いた去勢鶏、これにローストした羊が続いて、ブールゴーニュ産の葡萄酒《ぶどうしゅ》まで二瓶ついた。

窓が明るいので、夕食というのも奇妙だった。しっくり来ないといえば、なにもかもが本来の場所から外れている感じだった。なぜ保安委員会室なのか。なぜ公安委員会室ではないのか。逮捕されれば、一番に牢獄に連れていかれるのではないか。まだ時刻でもないというのに、どうして食事まで出されるのか。

様々に疑問は湧《わ》いたが、強《し》いて理由を質《ただ》そうとも、あえて異議を唱えようとも思わない。実際のところ、国民公会《コンヴァンシオン》の、それも指導的立場にいる面々は、ロベスピエールの逮捕という急展開に、少なからず動転しているようだった。

ロベスピエール自身はといえば、脱力感に捕われていた。逮捕されたというのに、恐怖はない。これで終わりだという絶望があるでもない。いや、少しでも冷静に振り返れば、もう絶望するしかない状況なのだが、それでも総身を捕えていたのは、先刻まで熱く激した自分が不可思議に思えるほどの、奇妙な涼やかさだったのだ。

――逃げたかったのか。

と、ロベスピエールは自問した。やはり私は疲れていたのか。政治に、革命に、人生に。無理に初心に帰ろうとし、そうすることで戦いを続けようにも、心から、身体《からだ》から、すっかり疲れ果てていたのか。そのことを情けないと恥じながら、また闘志を掻《か》き立てようにも、逮捕され、自由を奪われては仕方がないと、それゆえの虚脱感であり、安堵《あんど》感《かん》なのだということか。

恐怖がないことについては、一人でないことも関係していたかもしれない。カチャカチャと食器が鳴る気配は自分のものだけではなかった。ブールゴーニュ産の葡萄酒にせよ、一人に二瓶は配られない。

「兄が罰せられるなら、私も罰せられるべきだ。私も兄と徳を分かち合っていたからだ。私に対しても逮捕命令を出してほしい」

そう叫んで認められ、オーギュスタン・ロベスピエールこと、巷《ちまた》に「小《プチ》ロベスピエール」とも、「若《ジューヌ》ロベスピエール」とも呼ばれた弟が、一緒に逮捕されていた。

「私は議員として、こんな命令を出したという汚名を着たくはない。私も逮捕してほしい」

そう叫んで、やはり自ら運命を共にしたのが、フィリップ・フランソワ・ルバである。再び解《げ》せないというならばルバの処遇で、逮捕されたにもかかわらず、いったん自宅に帰ることが許された。ついでに細君の実家であるデュプレイ屋敷にも寄ってきたとい い、してみると、衛視が同行したのかどうかも怪しいところだ。

事実、衛視は前向きではなかった。議会で逮捕が決議されたときも、しばらくは誰も動かなかったほどだ。

「早く逮捕命令を執行せよ」

そうせっつかれて、議長のコロー・デルボワは弱り顔になったものだ。

「そのように私は命じている。しかし、衛視たちがいうことを聞こうとしないのだ」

ロベスピエールたちは衛視に連行されたというより、自らの意志で議場を退出したというほうが正しかった。

国民公会の勢い自体が萎《な》えたというわけではない。わけてもタリアンの一味は、追及の手を弛《ゆる》めなかった。その急先鋒《きゆうせんぽう》として、いよいよ演壇に立ったのがフレロンだった。

「大陰謀の首謀者は倒された。しかし、まだ共犯者が残っている。クートンとサン・ジュストだ。両名の逮捕命令を求める」

クートンについては、ひどい中傷も加えられた。

「クートンは国民の代表の血に飢《う》えた虎《とら》だ。王座に上る階段にするために、我らの死骸《しがい》を積もうとしている」

対するに車椅子《くるまいす》のクートンは、力の萎えた自分の足を示しながら返したものだ。

「私が王座に上るだと。ああ、上りたいものだ、上れるものならね」

クートンは皮肉口と一緒に逮捕された。

サン・ジュストも逮捕されたが、こちらは中傷を加えられずに済んだ。フレロンに続いて、保安委員のエリ・ラコストもその逮捕を訴えたが、やはり中傷は控えられた。

そのことについていえば、サン・ジュストは恐れられた節があった。ああ、サン・ジュストこそ恐れられ、またそれゆえに無傷だった。報告演説を妨害され、仕方なく断念したというより、それを自ら放棄したような印象は、傍目《はため》にも強かった。その分だけ余力を残しているとも思われ、下手《へた》に刺激するべきではないと考えられたのだ。

なかんずく警戒心を隠さなかったのが、コロー・デルボワだった。国民公会の議長は、その日サン・ジュストが読み上げるはずだった報告の草稿を、議長席に置いていくよう命令した。

「もし今日にサン・ジュストの報告が読み上げられていたならば、明日という日は愛国者にとって、まさに破滅の日になったことだろう」

それほど危険な報告は公表されるべきではないという主張だが、それを口に出した時点で、コロー・デルボワは己が感じた恐怖を告白したようなものだった。

つまりは、展開によってはサン・ジュストに、国民公会の全てを持っていかれかねなかったと。これからも自由を許せば、すっかり取り戻されかねないと。

「それで、葡萄酒のおかわりは」

弟のオーギュスタンが聞いてきた。ロベスピエールは普通に答えた。私はいらない。もう沢山だ。

「それじゃあ、ルバは」

ルバは無言で首を左右に振った。飲まない質《たち》ではなかったが、神経質なところはあった。今はどんな銘酒も喉《のど》を通らないという顔だった。

「クートンさんは」

「私もいらない」

「サン・ジュストは」

「もらおう」

そういって杯を差し出し、やはりサン・ジュストは最も落ち着いているようにみえた。印象を裏切ることなく、自分の杯に注《つ》がれた葡萄酒を、グルグルと喉を鳴らして飲んでいく。その様子を形容するなら、ほとんど豪胆とさえいえた。

――なにか考えでもあるのか。

疲労困憊《ひろうこんぱい》したなどと、自分のように弱音を吐きたがる男ではないだけに、ロベスピエールは気にしないわけにはいかなかった。ああ、このサン・ジュストにかぎって、まさか革命をあきらめたわけではあるまい。このまま正義が廃《すた》れることには、どうでも怒りを覚えないでは済まされまい。

サン・ジュストの内心を忖度《そんたく》している間に、扉の向こうが騒がしくなってきた。怒鳴るような話し声も、徐々に近づいてくる。と思うや、いきなり保安委員会室の扉が開いた。

28――囚人になれない

現れたのは、国民衛兵隊司令官のアンリオだった。

「…………」

ロベスピエールは何度か目を瞬《しばたた》かせた。酒のせいで鼻が赤く、ひょろりと背の高い男は、アンリオで間違いない。が、アンリオがここに来るはずがない。いや、自分で来たというより、連れてこられたのか。後ろ手に縛られて、アンリオは逮捕されたということなのか。

――なにをした。

そう心に問いを発して、ロベスピエールは一瞬ながら戦慄《せんりつ》した。

――もしや、はやまったことを……。

恐れたのは、国民衛兵隊の蜂起《ほうき》だった。あるいは主体はパリ自治委員会になるのかもしれないが、いずれにせよ、時刻をみれば五時半である。指導者と仰《あお》ぐ議員たちの逮捕を聞いて、急ぎ兵隊を集めたとすれば、ちょうど計算が合う。国民公会《コンヴァンシオン》に対して武力を発動したのではないかと、それがロベスピエールの危惧《きぐ》なのだ。

——それは許されない振る舞いだ。

いかなる理由があろうと、国民の代表を暴力で屈服させてはならない。ロベスピエールは青くなりかけたが、直後には思い返すことができた。

銃声は聞こえなかった。テュイルリ宮の近くで銃撃戦が行われたわけではない。なにより部隊を率いてきたのなら、こうも易々《やすやす》とアンリオが逮捕されるわけがない。ああ、アンリオはなにもしていない。

——これは通常の逮捕だ。

そういえば、アンリオの逮捕は議会で可決されていた。それが議決通りに行われただけかもしれない。ラヴァレット、ブーランジェ、デュフレーズ、ドービィニイというような国民衛兵隊関係者や、革命裁判所所長のデュマなども、そのうち逮捕されて来るかもしれない。

そうした考えを確かめることはできなかった。せっかく顔を合わせながら、アンリオとは数語も交わすことができなかったからだ。同じ保安委員会室に居合わせるのも束《つか》の間《ま》で、いれかわりに今度はロベスピエールたちが、外に出されることになったのだ。

いよいよ監獄に護送されるようだった。誰が考えたのか、それも五人が別々だった。

オーギュスタン・ロベスピエールがラ・フォルス監獄、ルバがパリ県司法局、クートンがラ・ブールブ監獄、サン・ジュストがエコセ監獄、そしてマクシミリヤン・ロベスピエールがリュクサンブール監獄という分け方である。

──リュクサンブール監獄か。

これまた誰かが少なからぬ含意を籠《こ》めたか、それはダントンやデムーランが収監されていた獄舎だった。

──自身が逮捕されてからは、リュシルも……。

あるいは神の配剤かとも、ロベスピエールは思いを巡らせた。同じリュクサンブール監獄に入獄することになったのも、なにかの因縁のなせる業《わざ》なのかもしれない。自らの過失から余儀なくされた運命ならば、それを甘んじて受け入れる覚悟も私にはある。

そう心に続けながら、ロベスピエールは馬車に乗った。車室の背もたれに体重を預けると、なぜだか目を閉じたくなった。

ガタゴトと小刻みに車に揺られ、安んじて暗がりに包まれていると、昔の記憶ばかりが蘇《よみがえ》った。ヴェルサイユで開かれた全国三部会のこと。パリで起きた動乱のこと。ミラボーやダントン、マラやクートン、サン・ジュストやルバとの出会いのこと。かつまた学友だったデムーランとの再会のこと。その恋人と紹介されたリュシルが眩《まばゆ》く感じられたこと。

——追憶に浸りながら……。

静かに死にゆくことができれば、それも悪い話ではないかもしれない。そんな思いで馬車に揺られていれば、テュイルリ宮からリュクサンブール監獄までの道程《みちのり》など、あっという間に感じられた。門前で停車を命じられたときなど、いくらか口惜《くちお》しく思えたほどだった。

まあ、いい。監獄に入ってしまえば、また時間が与えられる。裁判があり、処刑があり、そうした手間を経る間に、こちらは心ゆくまで思いに耽《ふけ》ることができる。そうやってロベスピエールはまた目を瞑《つむ》ることにした。ほんの少しの間も自分に潜り、またぞろ追憶を楽しもうとしたわけだが、それも今度は心地よく没頭できるわけではなかった。

「………」

馬車が動き出さなかった。ここからは歩けと、馬車を下ろされるわけでもなかった。それは監獄なのだから、なんの確認もなしに素通りというわけにはいかない。現に先刻から、馬車に同乗してきた衛視が、リュクサンブール監獄の刑務官と話していた。事務手続きなのだろうと、話の中身に聞き耳を立てるでもなかったが、それにしても時間がかかりすぎるのだ。

ロベスピエールは馬車の窓から少し顔を出してみた。すでに衛視と刑務官のやりとりは、淡々と進められる事務手続きの雰囲気ではなくなっていた。ときおりは声が大きくなるほどだ。だから、あんたも、しつこいなあ。

「引き受けられないといったら、引き受けられない」

そう答えて、腕組みの痩《や》せ男は手ぶりで追い払うような真似《まね》をした。が、もちろん衛視のほうとしても、簡単に引き下がるわけにはいかない。

「そういわれても、困るんだ。こちらは公安・保安両委員会の命令で来ている」

「といわれても、こっちも困る」

今度は樽《たる》のように肥えた小男で、痩せ男と同じ赤帽子《ボネ・ルージュ》である。リュクサンブール監獄からは、二人が応対したようだった。

「こっちだってパリ自治委員会の命令なんだ。新しい囚人は誰も収監するなと、上から厳命されてるんだ」

ロベスピエールは首を傾《かし》げざるをえなかった。いや、パリ市内の監獄は全てがパリ市の管轄《かんかつ》である。リュクサンブール監獄の刑務官もパリ市の職員であり、その自治委員会の命令に服従しなければならないと、そうした理屈はわかる。

「しかし、どうして新しい囚人を収監してはいけないのか」

草月法《プレリアール》の効果で、嫌疑者は次から次と、大量に処刑されるようになっている。少し前までのように、監獄が満杯というわけでもあるまい。そうやって眉間《みけん》に皺《しわ》を寄せてみれば、ロベスピエールが思いつくのは、ひとつだった。

「引き受けられないのは、囚人が私だからか」

窓からほとんど半身を乗り出し、ロベスピエールは尋ねた。

「ああ、ロベスピエールさん」

受けたのは痩せ男のほうだったが、それは逮捕された犯罪者を相手にする口調ではなかった。それが証拠に刑務官は二人ながら威儀を正し、馬車の窓辺に駆けてくる。

「刑務官のファローと申します」

「私はヴェルチェリッツ」

自己紹介を果たしてから、二人は笑顔まで大きくしたのだ。

「話せてよかった、ロベスピエールさん、パリ自治委員会より伝言があります」

「ええ、急ぎ市政庁に来てほしいとのことです」

痩せ男のファロー、小男のヴェルチェリッツと続けられて、なおロベスピエールは確かめなければならなかった。いや、本当は確かめたくもないくらい、嫌な予感がしていたのだが、それでも確かめないわけにはいかなかった。

「どういうことだ」

「あなたは収監されません。あなたの逮捕からして、認められておりません」

「しかし、それは国民公会の決定だ」

「そんなもの、誰も聞きやしませんよ」

「ええ、パリ自治委員会は蜂起を宣言したのです」

ロベスピエールは絶句した。幸福な夢から、無理にも引き戻された気分だった。全体どうしてくれるのだと、こちらが質《ただ》したいほどなのに、そこに歩みを寄せてきたのが、情けなく眉尻《まゆじり》を下げた衛視だった。

「どういたしましょう、ロベスピエールさん」

「護送の任務にある君が、囚人である私にそれを聞くのか」

「すいません」

「だから、衛視が囚人に謝るなんて……」

ロベスピエールは言葉を続けられなかった。ハッとして頭《こうべ》を巡らせたのは、今にも押し寄せようとする尋常ならざる熱い気配に気がついたからだった。

人が集まっていた。リュクサンブール監獄の正面、ヴォージラール通りからトゥールノン通りのほうまで、えんえん列をなしてしまうほどの人出だった。

それも皆が赤帽子をかぶっていた。ああ、ロベスピエールさん、心配するな。あんたを牢屋になんか入れさせねえ。マラのときと同じだ。俺《おれ》たちの手で助け出してやる。あ、あ、他のみんなも市政庁で待ってるんだ。

そう打《ぶ》ち上げたあとが、声を合わせた大合唱だった。

「市政庁へ、市政庁へ」

一緒に群集が押し寄せてきた。市政庁へ、市政庁へ。その声を誰も止めることができない。市政庁へ、市政庁へ。熱気が全てを呑《の》みこんでいく。ロベスピエールの使命は、まだ終わりにならないようだった。

29——市警察

「駄目だ」

駄目だ。駄目だ。蜂起《ほうき》はいけない。蜂起だけは認められない。何度となく呻《うめ》きながら、ロベスピエールは頭を抱えたままだった。

「パリ自治委員会は蜂起を宣言したのです」

そう伝えた人々の言葉は、残念ながら本当だった。

熱月《テルミドール》九日あるいは七月二十七日のパリ市政庁では、すでに正午頃《ごろ》から市政評議会が開かれていたという。不穏な政局に神経を尖《とが》らせながら、国民公会《コンヴァンシオン》に人を遣《や》り、時々刻々の展開を途切れず報告させてもいた。

「国民衛兵隊司令官、アンリオ逮捕」

「革命裁判所所長、デュマ逮捕」

「我らが指導者、ロベスピエール逮捕」

そうした議場の言葉が伝えられた時点で、パリ市内の全牢獄《ろうごく》に、新しい囚人を引き受けるなとの命令が出された。のみならず、蜂起の準備にとりかかったようなのだ。

「愛国者は武器を取れ」

そう呼びかけて、パリ市長レスコ・フルリオは国民衛兵隊を召集した。さかんに太鼓も鳴らされたが、普段は別に仕事を有する民兵のことであれば、過大な期待はかけられない。

動員の遅れを見越して、すでに午後二時には、別に憲兵隊を召集していた。リュクサンブール監獄に配備されていた部隊を、急ぎグレーヴ広場に呼びよせながら、隊員たちにはラ・フォルス監獄の囚人が反乱を起こしている、それを鎮圧するための召集だと説明したらしい。

口実が設けられたとはいえ、この時点で実弾が配られた。そうこうしている間に、国民衛兵隊も集まってきた。パリ四十八街区の全てが一斉に動いたわけではなかったが、東部および南部の労働者が多い街区、さらに職人が多い中部の街区が、パリ自治委員会の呼びかけに応《こた》えた。

砲兵隊も出動して、グレーヴ広場に大砲を引いてきた。夕刻までにはパリ市政庁の前面に、二十一門の砲台が設置された。みるみる蜂起の体裁が整えられていくなか、我慢ならずに動いたのがアンリオだったのだ。

逮捕された五議員を救出すると豪語して、アンリオは馬に跨《また が》ったという。国民衛兵隊を率いるでもなく、数人の憲兵だけを伴って、とにかくテュイルリ宮に向かったのだ。どういうつもりだったのか、それは知れない。結果をいえば、逆に国民公会の衛視に逮捕され、保安委員会室に連行されることになった。その姿を目にした時点で、ロベスピエールが覚えた嫌な予感も、あながち外れてはいなかったことになる。

成功するはずもない試みだったとはいえ、すでに議会に向けて、武力は発動されていた。アンリオの個人的な思いつきにすぎなかったとはいえ、そうした言い抜けも不可能だった。市政庁では、いよいよ蜂起の事態が正式に宣言されていたからだ。

「市民たちよ、起《た》ち上がれ。八月十日と五月三十一日の成果を無駄にするな。全ての裏切り者を墓場へと送るのだ」

公安・保安両委員会の権威を認めず、実際に国民公会からの使者も逮捕した。それに代わる国権の執行機関として、パリ市長レスコ・フルリオは執政委員会も組織した。時刻は午後六時だったというから、アンリオが逮捕された後、ロベスピエールらの監獄護送中の頃の話になる。

——やってくれた。

顚末《てんまつ》を伝えられるほど、ロベスピエールは鬘《かつら》の頭を抱えて、深く深くとうなだれた。だから、駄目だ。蜂起だけは駄目なのだ。

ルイ十六世を廃位に追いこんだ一七九二年八月十日は措《お》くとして、一七九三年五月三十一日から六月二日にかけての蜂起は、はっきりと後悔になっていた。ジロンド派は排除しなければならなかった。が、その方法が問われなくてよかったとは思わないのだ。ロベスピエールが志向したのは、あくまで精神的な蜂起、道徳的な暴動だった。ジロジロンド派が自ら恥じて身を引くか、あるいは議会が民意を察して毅然《きぜん》と辞職勧告を行う。かかる絵図を描いていた身にすれば、あの蜂起は遺憾《いかん》といわざるをえないのだ。一滴の血も流されなかったとはいえ、暴力で議会を屈服させたことには変わりないのだ。

――その繰り返しは許されない。

いくらタリアンやフレロンが卑劣でも、いくらビヨー・ヴァレンヌやコロー・デルボワが保身のみでも、目の前の恐怖に目を奪われるあまり、いくら議会が真に守るべき正義をみていなくても、暴力で国民の代表を打倒することはならないのだ。

――でなくとも、私は蜂起などには参加したくない。

事実として、ロベスピエールは蜂起に参加したことがなかった。一七八九年七月十四日、一七九二年八月十日、一七九三年五月三十一日から六月二日、いずれも参加していない。失敗に終わった蜂起や、蜂起まで育たなかった運動まで含めても、その過激な政治活動に、ロベスピエールは今日まで一度も関与したことがないのだ。

蜂起という手段を全否定するわけではない。自らは加わらなくとも、蜂起の成功には寄与してきたと、そのことも認めざるをえないと思う。それでもロベスピエールは、なお前向きになれないのだ。

──法に反する行為だからだ。

もちろん悪法もある。そもそも法とは何かという議論もしなければならない。が、どんなに説かれたところで、その本質が暴力であるかぎり、ロベスピエールは嫌悪感を覚えないではいられなかった。

腕力に自信がないからかもしれない。小男ゆえの劣等感なのかもしれない。いずれにせよ、暴力に物をいわせる振る舞いである時点で、ロベスピエールにとっては悪であり、法理にあわない行動だった。それが正しい裁判で罪ありとされた輩《やから》でないかぎり、何人《なんぴと》も暴力を加えられてはならないのだ。

「だから、市政庁には行かない」

リュクサンブール監獄に入獄を拒まれるや、ロベスピエールは一番に明言した。急ぎ馬車の車室に籠《こも》ると、困り顔を濃くしたのが護送の衛視だった。

「私は国民公会の命令によって逮捕された囚人だ。囚人のままでいたいのだ」

そう伝えても、衛視の困惑は解けなかった。他の監獄に回ろうとも、無駄足になるのは目にみえている。テュイルリ宮に連れ帰るわけにもいかない。公安・保安両委員会に叱責《しっせき》され、でなくともパリの群集の怒りを買うことになる。

「ならば、市警察に向かってくれ」

と、ロベスピエールは指示を出した。

パリ市長公邸に付属して、シテ島のオルフェーヴル河岸《かし》に鎮座するパリ市警察庁は、いうまでもなくパリ市の管轄《かんかつ》である。国民公会は関係しない。牢は設けられていながら、監獄というわけではなく、そこにいる分には新たな収監を禁じたパリ市長の命令にも反しない。

まさに苦肉の策だった。さほどの意味がある選択でもなかったが、他には思いつかなかった。ああ、なにも浮かばない。なにも考えられない。だから、もう私は疲れたのだ。革命に、政治に、人生に、とことん疲れてしまったのだ。

「このまま静かに死なせてほしい」

「なにを仰《おっしゃ》いますか、ロベスピエールさん」

手燭《てしょく》の炎が、その秀でた額に橙色《だいだいいろ》を揺らしていた。石壁に耳障りな声を響かせ、説得の言葉を繰り返していたのは、ラズニエという男だった。

30――苦悩

ロベスピエールは行き先を伏せたわけではなかった。隠そうとして隠せるような状況でもない。それでも、なのだ。

ああでもない、こうでもないと論じたあげく、いざパリ市警察庁に行くとなっても、界隈《かいわい》の大騒ぎで交通が渋滞した。ようやくシテ島に到着しても、今度は警察庁員とやりとりしなければならなかった。ロベスピエールが石壁の独房に落ち着いた頃《ころ》には、夜の八時をすぎていた。にもかかわらず、まだ九時にならないうちに、もうパリ市政庁から数人も遣わされてきたのだ。

その代表がラズニエというわけだった。

「ここに市長レスコ・フルリオの手紙があります。もう一度だけ読ませてもらいます」

そう断りながら、暗がりにも光る禿頭《とくとう》が突き出された。ええ、よろしいですか。

「親愛なる市民ロベスピエール。市政評議会によって任命された執政委員会は、あなたの助言を必要としている。至急パリ市政庁に来られたし。執政委員会の委員は次の諸市民である。シャトレ、コフィナル、ルルブール、グルナール、ルグラン、デボワゾー、アルトゥール、パヤン、ルーヴェ……」

「もういい」

ロベスピエールは手を差し出して止めた。知らぬ間に肌着が汗塗《あせまみ》れだった。もとから乏しい生気も一緒に流れ出たらしく、もう目を開けているのもつらかった。

手紙など読まれても、頭に入るわけがない。ましてや助言など与えられない。もう立ち上がることさえできない。だから、どう説かれても、市政庁に行くつもりはない。ああ、私は蜂起《ほうき》に参加したくないのだ。議会に武力を向ける気にはなれないのだ。法を踏みにじりたくはないのだ。

「そう仰《おつしや》いますが……」

粘り腰のラズニエが続けかけたところで、その耳に囁《ささや》きを入れたものがいた。まだ若い男だったが、それだけのことで大きく息を吸いなおし、後にも肩を大きく上下させていたからには、今まさに市警察に駆けこんできたというところだろう。

「ええ、パリ市政庁から報《しら》せが来ました」

「サン・ジュストか」

と、とっさにロベスピエールは聞いた。パリの蜂起に同調するとすれば、サン・ジュストだ。十分な余力を残しているからだ。というより、サン・ジュストはパリの蜂起を想定していたのではないか。もはや実力行使しかないと、最初からパリの蜂起を煽動《せんどう》するつもりだったのではないか。

そうまで憶測を巡らせていたがゆえの問いだったが、ラズニエの答えは違った。あっ、いえ、サン・ジュストさんではありません。

「市民オーギュスタン・ロベスピエールが向こうに、つまりはパリ市政庁に到着したそうです。ええ、ええ、ロベスピエールさん、あなたの弟さんも本日午後九時をもって、蜂起に参加なされたのです」

明かされて、市政庁の数人が顔を輝かせた。ばんざい、ばんざい、と早くも騒ぎ出してもいる。ああ、これで本格的な蜂起になる。旗印ができたからな。これからは万の単位で人を集めることができるぞ。

興奮声が四壁に響いた。それが楔《くさび》のように頭蓋に刺さってくる気がして、ロベスピエールは顔を顰《しか》めた。いざ口を開いても、小さく吐き捨てるだけだった。

「この期《ご》に及んで、あの馬鹿者め」

苛々《いらいら》して仕方がないというのに、パリ市政庁から来ている輩《やから》は、さらに喜色を大きくすることさえした。

「アンリオ将軍だ。アンリオ将軍がいらしたぞ」

「まさか……。逮捕されたのでは……」

ラズニエが呟《つぶや》いたが、思いはロベスピエールも同じだった。ああ、アンリオが来るなど、ありえない。自由の身になっているはずがない。自ら失態を演じる以前に、最も危険な男と逮捕が決まっていたのだ。パリ全市の監獄が新規の囚人の収監拒否を宣言したなら、国民公会《コンヴアンシオン》はその身柄を、いっそう厳重にテュイルリ宮に確保するに違いないのだ。

しかし、アンリオは現れた。手燭《てしよく》の明かりに、ひょろりと細長い影絵が踊り出したと思うや、酒臭《さけくさ》い息と一緒に飛びこんでくる男がいた。

「ロベスピエールさん、すいません。お、おお、俺《おれ》ときたら、とんでもねえ失敗しちまって……」

抱きつかれたロベスピエールは、正直いえば顔を背けたい気分だった。が、アンリオの背中を励ますように叩《たた》くラズニエをはじめ、パリ市政庁の面々が勝手に盛り上がるなか、あえて怒鳴り捨てる気力も湧いてこない。

「いや、それはいい。失敗したことは、いいんだ」

と、ロベスピエールは返した。数人の憲兵のみを連れたあげくの逮捕であれば、むしろ私は安堵《あんど》に胸を撫《な》で下ろしていた。兵力といえるような部隊を伴い、議会に武器を向けるような事態にならずに済んで、本当に喜んでいるくらいなのだ。

「とすると、武力の発動ではないということで、釈放されたのですか、アンリオ将軍」

ラズニエが確かめた。改めて、それは解《げ》せない運びだった。アンリオ釈放の理由は、依然として不可解なのだ。

仮に武力の発動ではないと解釈されたとしても、国民公会が逮捕を決めた犯罪者を強引に略取しようとしたことは事実だ。それ以前に国民衛兵隊の司令官として、自身が逮捕を決議されていたのだ。

「私から説明いたします」

前に出たのは、アンリオより遥《はる》かに将軍らしい偉丈夫だった。もちろん知らない男でなく、名前をピエール・アンドレ・コフィナルといい、筋骨隆々たる巨漢であるにもかかわらず、平素は革命裁判所の副所長を務めていた。

それがその夜にかぎっては、物々しい軍服姿だった。二角帽を脱ぎながら、コフィナルは始めた。

「ええ、八時すぎです」

「私が市警察に入った頃か」

「と思います。およそ一時間くらい前の話です」

パリ市政庁の召集には全部で十六街区が応じ、グレーヴ広場に動員された国民衛兵も、その三千人を数える規模になっていたという。臨時に指揮官を買って出たコフィナルは、そのうち二千人を引き連れて、テュイルリ宮に向かった。あげくに十一門の大砲を保安委員会が置かれたブリオンヌ館に向けて、アンリオを解放させたというのだ。

「なんということを」

ロベスピエールは今度は怒声を我慢できなかった。藁《わら》が敷かれただけの石床に、自分の拳《こぶし》も叩きつけた。痛みが気にならないくらい、総身が怒りに震えていた。なんとなれば、武力を発動したというのだ。単に蜂起を宣言するに留《とど》まらず、暴力で議会を屈服させたというのだ。

「なんということを、なんということを。もうお終《しま》いだ。ああ、パリは逆賊になってしまった。無法者の巣窟《そうくつ》になってしまった」

二度、三度と拳を床に振りおろし、それで足りずに藁まで滅茶苦茶に投げながら、ロベスピエールは嘆き続けた。それだけは避けたかった。無法者の汚名だけは着たくなかった。そのような不名誉だけは、たとえ死んでも……。

「てえか、国民公会は俺たちのこと、とうに無法者扱いでさ」

ボソという感じで、アンリオが明かした。問いたげな顔を向けると、コフィナルが説明を加えてくれた。ええ、無法者扱いといいますか、国民公会は蜂起に参加した全ての人間を、法の保護の外に置くと宣言しました。

「逮捕命令が出された市長レスコ・フルリオ、それに第一助役パヤンも同じです。もちろん、すでに逮捕された五議員も、法の保護の外という処断です」

「この私も……」

ロベスピエールは数秒も頭が白くなった。法の保護の外とは、裁判なしでの即時の処刑を意味する。

コフィナルは続けた。当たり前といえば、当たり前の話です。国民公会からみれば、私たちは反徒ということになります。法の保護の外に置くと宣告すれば、一種の脅《おど》しにもなります。合流を迷っている人々を引きとめる効果もあるでしょう。だから、当たり前だと突き放して考えるのですが、かくいう私にしても無念で仕方ありません。

「私も法曹の端くれです。無法者の扱いをされれば、やはり心穏やかでいられない」

「ならば、どうして議会に武器を向けるなどという……」

「最低限に留めました」

そう断言しながら、コフィナルはまっすぐ目を向けてきた。ええ、私は二千人もの兵隊と十一門もの大砲を同道させていた。国民公会の衛視など物の数ではありません。憲兵や騎兵隊も集められていましたが、それらとて物の数ではなかった。

「ええ、私は一気に勝負を決めることだってできたんです。テュイルリ宮を破壊して、議員を全て逮捕して、国民公会を解散させることだって、できたのです。けれど、それではロベスピエールさんの理想に反する」

「私の理想とは……」

「精神的な蜂起、道徳的な暴動です」

「…………」

「それをロベスピエールさん、あなたに導いていただきたいのです」

ロベスピエールは認めないではいられなかった。真面目《まじめ》に考えている。革命のことを、徳の政治のことを、あるべき理想のことを、蜂起に及んだ面々は国民公会に巣くう保身の亡者どもなどより、遥かに真面目に考えている。

――それなのに、このままでは……。

無法の輩として、問答無用の糾弾《きゅうだん》を待つばかりだ。こんなに正しいにもかかわらず、悪として一方的に処断されてしまうのだ。

「だから、ロベスピエールさん」

「ああ、だから、考えている」

まだ革命は終わらない。なすべき使命も終わらない。やはり、そのようだった。

31――パリの指導者

最後にやってきたのは、クートンだった。

「クートン、全ての愛国者が追放される。人民は全て起《た》ち上がった。我々は今、自治委員会にいる。我々と合流しないならば、それは裏切りになるだろう」

そうした手紙をオーギュスタン・ロベスピエールが書き、これにマクシミリヤン・ロベスピエール、それにサン・ジュストまでが署名を並べて、急ぎ送りつけたのだ。

ロベスピエールは市政庁に入っていた。なお大いに逡《しゅん》巡《じゅん》しながら、最後には決断するしかなくなっていた。

「運命に堪える術《すべ》を知るべきか」

そう呟《つぶや》き入庁したのは、夜の十一時をすぎ、ことによると、日付さえ変わる時刻だった。

弟のオーギュスタンは先に来ていた。が、逮捕された他の面々はいなかった。

それぞれ指定の監獄に護送されたが、やはり刑務官に入獄を拒絶された。そのまま門前に居座る者あり、いったん余所《よそ》に向かった者あり、いずれにせよ、皆が行き場をなくしていた。指導者と仰《あお》ぐロベスピエールの指示を待っているともされたからには、急ぎ呼びよせなければならなかった。

サン・ジュストが来て、ルバが来て、デュプレイ屋敷に下がっていたクートンだけが来なかった。すでに万策尽きたと覚悟を決めて、もう動くつもりがないとも聞かされたが、それをロベスピエールたちは手ずから署名を入れた手紙で説得したのだ。

――あるいは、そっとしておくべきだったか。

ハンドルを回し回し、車椅子《くるまいす》を進めてくる男の姿を認めれば、後悔の念が湧《わ》かないではなかった。クートンが来てくれた。全員が揃《そろ》った。これでなんとかなる。そう前向きに考えられる気運など、容易に高まるものではなかったからだ。

少なくとも、ロベスピエールの心は燃え上がらなかった。胸奥《きょうおう》に続いたのは、今度は自責の言葉だった。ああ、せめて半身を病に蝕《むしば》まれたクートンには、静かな最期《さいご》を送らせてやるべきだったのではないか。蜂起《ほうき》の渦中に呼びつけて、かえって過酷な末路に追いやっているのではないのか。

――いや、いけない。

ロベスピエールは無理にも思いなおそうとした。ああ、こんな弱気ではいけない。まがりなりにも市政庁に来たのだから、後悔などしてはならない。自分を責めるべきではない。決断を疑うことは許されない。

——心が揺れてしまうのは、体調が少し優《すぐ》れないからだ。

シテ島から馬車に揺られてくる間、あまりに道が渋滞して、いくらか時間がかかってしまった。それで車酔いしてしまったのだ。

思えば暑く、湿り気を帯びた空気も、ムッとして息苦しかった。あるいは激震した一日であれば、さすがに疲れが出てきたのか。いずれにせよ、それだけだ。

——この期《ご》に及んで、まだ迷っているなどということは……。

一同が集まるのは、市政庁の三階にある「平等の間」と呼ばれる部屋だった。開催されていたのが、パリ自治委員会が設立した執政委員会で、これに逮捕された五議員も合流するよう求められた格好だった。

やはりというか、熱いのはパリ自治委員会の面々だった。パリ市長レスコ・フルリオは先んじて、「人民の敵」の一覧を作成していた。タリアン、フーシェ、フレロン、カルノら、十四人の議員を名指ししながら、その告発に踏み出したのだ。

ロベスピエールが市政庁に到着するや、命令書をパリ諸街区に飛ばしもした。

「パリの市門を閉じよ。ジャーナリストの印刷物は全て差し押さえよ。ジャーナリストは逮捕せよ。裏切り者の議員も同じく逮捕せよ。そのための命令は警察庁長官に通達されている。これはロベスピエールと我々の考えである」

署名を入れたのは、市長レスコ・フルリオと第一助役パヤンのみで、ロベスピエールは羽根ペンを握りもしなかったが、それでもお構いなしなのだ。

「ああ、国民公会《コンヴァンシオン》は公安・保安両委員会に抑圧されている。それを我々は解放しなければならないのだ」

「と、そうした声明を出すことで、世論を味方につけるわけですね、市長」

「その通りだが、パヤン、問題は国民公会が『人民の敵』に掌握されてしまっているということだ」

「ですから、我々も蜂起という手段に訴えたのではないですか」

「というのは」

「小部隊で構いません。テュイルリ宮に突入させて、『人民の敵』を逮捕してしまうのです。そのうえで、残りの議員に投票を促して……」

「ちょっと、待ってください。それでは、暴力で議会を屈服させることになる」

割りこんだのは、革命裁判所の副所長コフィナルだった。大男が前に身を乗り出すと、頭上が暗いくらいになったが、それでもパヤンは引かなかった。

「いや、そういうことにはなるまい。強制的に排除するのは、数人の『人民の敵』だけだ」

「『人民の敵』というが、タリアンたちも議員です。悔しいが、やはり議員なのです」

「その排除という処断を是認するにも、さらにいえば、ロベスピエール兄弟、クートン、ルバ、サン・ジュストの五議員逮捕を撤回するのも、議員の自発的な投票によるものならば、なにも問題ないのじゃないか」

「同僚議員に危害を加えられたあとの行動で、それを自発的といえるのですか」

火が出るような激論を聞きながら、ロベスピエールは思う。というより、ふと気づいた。レスコ・フルリオ、パヤン、コフィナルも含めて、その全員がパリの人間ではなかった。

パヤンはドーフィネ人、コフィナルはオーヴェルニュ人、レスコ・フルリオにいたっては、ブリュッセルの生まれである。

パリの人間でないのが悪い、というつもりはない。それをいうなら、ロベスピエールは自身がパ・ドゥ・カレー県アラスの生まれで、いうところのピカルディ人だ。

元はパリの人間ではない。が、学生時代はパリに暮らした。革命が勃発《ぼっぱつ》して、議会がパリに移されて、それから暮らし続けた歳月だけを数えても、もう五年が経とうとしている。今はパリ選出の議員であり、パリの民意を体現する立場でもある。

自分と比べても、レスコ・フルリオ、パヤン、コフィナル、いずれもパリは短かった。レスコ・フルリオとコフィナルは、一七九二年八月十日の蜂起に参加しているが、パヤンとなると、初めての上京が共和暦第一年の第八月、つまりは僅《わず》か一年前の話でしかない。

——これがパリの指導者たちか。

自ら抜擢《ばってき》しておいてなんだが、違和感がないではなかった。バイイやペティオン、さらにダントンや、ショーメット、エベールといった連中と比べても、なんだか唐突な印象は否《いな》めない。レスコ・フルリオ、パヤン、コフィナルとなると、どうにも馴染《なじ》んでいないというか、なんだかパリから浮いている感があるのだ。

——これでパリはついてくるのか。

そう自問しかけて、ロベスピエールはすぐ打ち消した。いや、ついてこないのはおかしい。パリはパリに生まれた人間だけのものではないからだ。フランスが一《いっ》にして不可分の共和国であるならば、どこで生まれた人間でもパリで暮らすことができるのだ。そこで指導的な地位を得たからと、咎《とが》められる謂《いわ》れもない。議会の御膝元《おひざもと》として、パリが独自の政治力を持つならば、むしろ歓迎されるべき話だ。様々な地方から上京してきた人々が属し、あるいは先頭で率いるならば、パリ自治委員会の行動はパリの独走ではなくなるからだ。全フランスの民意を受けたものになるからだ。

平等の間では、影絵が踊るようだった。皆で大卓を囲んでいたが、座っている者、立っている者、ぐるぐる歩き回る者と様々だった。おりからの興奮で身ぶり手ぶりも大きくなっているところに、橙色《だいだいいろ》の明かりを広げる燭台《しょくだい》の炎までが、ゆらゆら大きく揺れたのだ。

面々を見比べながら、ロベスピエールは首を傾《かし》げた。クートンが加わって、人数は確実に増えたはずなのに、なんだか逆に少なくなったような気がした。よくよく目を凝らしてみれば、いるべき人間がいなかった。

――サン・ジュストは……。

ロベスピエールは慌てて探した。サン・ジュストは話の輪から外れて、独り窓辺に立っていた。なるほど燭台の炎が揺れるはずで、硝子窓《ガラスまど》が開放されていた。そこから生暖かいような風を忍び入らせながら、その美貌《びぼう》の男は何か気になることでもあるのか、じっと外の様子を眺めていた。

もちろん、言葉はない。大卓のそばにいたときも無言で、話し合いに加わろうとはしなかった。無表情も同じである。下らないと冷笑で突き放すのでもなければ、大賛成だと興奮に鼻孔を膨らませるのでもなく、サン・ジュストは本当に平らな顔で、文字通りに否《いや》でも応でもなかったのだ。

ロベスピエールがみつめるなか、その仮面のような表情が、ふと動いた。なにごとかと刹那《せつな》は胸を衝《つ》かれたほどだったが、サン・ジュストの言葉は思いのほかに平板だった。

「雨だ」

そう聞き取れた。

32――パリ武装兵力総指揮官

ああ、雨かと思ううちに、窓の硝子《ガラス》が騒ぎ始めた。外から打ちつける雨の滴《しずく》に打たれて、バタバタと会話も聞こえないくらいの音を響かせたのは、頭上に並ぶ屋根瓦《やねがわら》も同じだった。

「俄《にわ》か雨だ」

それも、ひどいどしゃぶりの俄か雨だ。さすがのサン・ジュストも、急ぎ硝子窓を閉じた。思えば、蒸し蒸しする一日だった。なるほど、これは夏の俄か雨なのだ。

激動の連続だっただけに、さほど気にしてこなかったが、振り返れば、かなり不快な一日だった。高《たか》がシテ島から乗るだけで車酔いしてしまったのも、あるいは蒸し暑さのせいだったかもしれない。なかなか気勢が上がらないのも、その気だるさのせいだったかもしれない。

――が、そういう雨なら、じきに上がる。

実際のところ、耳に痛いほどだった雨音は、数分もしないうちに引けていった。呆気《あっけ》に取られたような顔を互いに見合わせてから、こちらの話の輪では議論も再開した。

「いっそテュイルリを包囲するか」

切り出したのは、国民衛兵隊の司令官アンリオだった。大真面目《おおまじめ》なのかもしれないが、どこか軽々しさが感じられて、受けたコフィナルは早くも苛々声《いらいらごえ》だった。

「精神的な蜂起《ほうき》なのだ、アンリオ将軍。あくまでも道徳的な暴動なのだ」

「だから、発砲するとはいってねえ。数人どころか、ただの一人に対しても、実力は行使しねえ。つまるところ、ただの脅《おど》しだ」

それとして説得力があるというのは、成功体験があるからだった。一七九三年五月三十一日から六月二日にわたる蜂起において、テュイルリ宮に軍勢を率い、議会を取り囲んだ張本人が、このフランソワ・アンリオなのである。

コフィナルのほうは、だからこそ認めるわけにはいかなかった。

「駄目だ、駄目だ、それじゃあ、ジロンド派の追放と同じになる」

「なにが悪い」

「何度もいうが、それじゃあ暴力を用いたも同然なんだ。議会を無理矢理屈服させたことになるんだ。ああ、どんな決議が出されたところで、それは議会の自発的な意思にはならない。現に六月のときは、蜂起が鎮まるや議会は前言を翻《ひるがえ》したではないか。すぐにジロンド派の逮捕を取り消そうとしたではないか」

「確かに」

と、今度はクートンが受ける。確かに、そうだ。ほんの偶然の勝利でしかなかった。マラが暗殺されたから、ジロンド派憎しの空気が再燃したが、でなければ追放の決議など翻っていたかもしれない。

「今回は断固たる意思を表明してもらわなければならない。パリは蜂起した、人民は怒っている、そうした事実をもって改心を促すというか、議員たちには自発的な善処を思い立たせたいところなんだが……」

「善処というと、我々の逮捕の撤回ですか」

オーギュスタンに確かめられると、クートンは頷《うなず》いた。ああ、まずは、そこだろう。昨日にまで時計の針を戻すというか、とりあえず元の鞘《さや》に収めるというか、それだけでも決めてくれれば、その後はいくらでも話し合えると思うのだが……。

「けど、誰と話し合うってんですか。なにを話し合うってんですか」

拗《す》ねたように口を尖《とが》らせ、アンリオが質《ただ》した。これに身を乗り出したのが、パヤンである。

「両委員会とですよ、将軍。公安・保安両委員会となら妥協点を見出《みいだ》せる」

「どんな妥協点だい」

「タリアンらの逮捕です。罪を犯した元の地方派遣委員を弾劾《だんがい》する。もって国民公会《コンヴァンシオン》の浄化粛清は完成したとみなす。この線でなら折り合えるんです。自らの命が危うくされないとわかれば、両委員会だって、議員の大半だって、はじめから事を荒立てるつもりもなく……」

「妥協には応じられない」

「…………」

「何度もいうが、それなら私は応じられない」

そう切り捨てることで、ロベスピエールは自ら議論に加わった。ああ、妥協を余儀なくされるのならば、逮捕を撤回されたいとは思わない。そうまでして元に戻ることに、なんの意味も見出すことができないからだ。

「なんとなれば、妥協は人民の声ではない。我々がひとたび折れれば、恐怖政治《テルール》を終わらせよと、またぞろ声が上がるだろう。戦争は勝ったも同然だ。戦時体制を維持する理由はなくなった。最高価格法を撤廃しろ。商業の自由を認めろ。そうした声に押し流されて、なるほど、戦争は勝てるかもしれないが、そのとき共和国の中身はどうなっているか」

ロベスピエールは目を向けた。教師に好かれる優秀な生徒を思わせながら、パヤンは期待通りに答えた。

「革命の礎《いしずえ》が揺らいでしまうというのですか」

ロベスピエールは頷いた。今度はコフィナルに目で促す。

「それに、貴族が陰謀を画策すると」

目を向けられずとも、あとをレスコ・フルリオが受けた。ええ、確かに妥協は危険だ。

「風月法《ヴァントーズ》まで反故《ほご》にされてしまうかもしれません」

「まだまだ貧しい人々がいるというのに、ああ、そうなのだ」

と、ロベスピエールは先を続けた。今は貧者をこそ救わなければならない。革命のおかげで、自由は手に入った。が、まだ平等は実現されていない。それどころか、富める者と貧しき者の格差は、ますます大きくなっている。富の再分配が行われなければならない。その第一歩として、風月法を施行しなければならない。それに不満を抱《いだ》くような輩《やから》は誅《ちゅう》されなければならない。そうした輩にかぎって、道徳を軽視する嫌いがあるからには、最高存在《エートル・シュープレーム》の信仰を徹底させなければならない。

「つまるところ、究極の解決は信仰にしか求めることができないのだ。にもかかわらず、公安・保安両委員会の面々は、よくて無関心だ。エベールの脱キリスト教化にかぶれた連中などは、かえって否定的だというのだ」

「ちょ、ちょっと待ってください、兄さん」

オーギュスタンが入ってきた。ええ、そういう、なんというか、そういう大きな話も結構なのですが、もっと具体的なというか……。

「小さな話をして、どうなる。妥協だの、折り合いだのと、そんな小さな話をしたところで……」

「いえ、ロベスピエールさん、そういう意味ではないんです」

割りこんだルバは、のっけから悲鳴のようだった。ええ、そうではなくて、まず目の前の危険を直視するべきだというのです。

「だって、向こうの様子は聞いているはずじゃないですか」

ルバが「向こう」というのは国民公会の意味だと、それくらいはロベスピエールにも察せられた。市政庁が斥候《せっこう》を送り出しているので、その様子も確かに何度か報告されていた。

「我々は我々の持ち場で潔く死のうじゃないか」

そう嘆いたのは、議長を務めるコロー・デルボワだった。逮捕していた国民衛兵隊司令官、アンリオの身柄を奪還された時点では、もう一巻の終わりと悲観せざるをえなかったようだった。

しかし、軍勢を率いてきたコフィナルは、そのままテュイルリ宮を包囲しなかった。なお予断を許さないながら、いったんは脅威が遠ざけられたことで、国民公会は審議を再開することができた。

様々に論じられた善後策のなかで、特筆されるべきはバラス将軍の任命だった。

バラスはプロヴァンス出身の議員で、フレロンの僚友として高地アルプス、低地アルプス両県に飛んだ、派遣委員のひとりだった。やはりフレロンと一緒に、マルセイユとトゥーロンに恐怖政治を敷いたことでも知られている。脛《すね》に傷持つ派遣委員のひとりでもあるわけだが、これが貴族出身で、若いときには軍隊経験があるというのだ。

かかる前歴を見込んで、国民公会はバラスを「パリ武装兵力総指揮官」に任命した。

「しかし、バラスなんか、軍隊を持たねえ将軍じゃねえか」

そう返したのは、アンリオだった。横柄《おうへい》な風があるのは、自分は違う、国民衛兵隊を従えていると自負があるからなのだろう。それでもルバは引かなかった。

「大急ぎで召集にかかっているという報告も、さっき寄せられたじゃありませんか」

「といって、何を召集するってんだい」

「国民衛兵隊ですよ、アンリオ将軍。パリの全ての街区が、市政庁の呼びかけに応じたわけじゃないんです。蜂起に参加していない国民衛兵も多いんです」

「ルバのいう通りだ。国民公会の呼びかけで、カルーゼル広場に集結して、あちらの兵力は、すでに千人とも、二千人とも」

オーギュスタンが出した数字も、確かに斥候の口から報告されたものだった。

「つまり、もう我々に主導権はないのです」

とも、ルバは事態を形容してみせた。ええ、武力行使は最小限に留《とど》めるとか、テュイルリ宮を包囲するとか、いや、それではジロンド派を追放したときと同じになるとか、はたまた妥協するとかしないとか論じていますが、そんなことを論じられる立場にはないのです、我々は。現実の形勢をみるならば、選択肢はそれほど残されていないんです。

33――雨

「しかし、だ」

折れなかったのは、アンリオだった。しかし、そんなことは信じられねえ。

「調べてきた奴《やつ》にもいったが、俺《おれ》の国民衛兵隊が、へなちょこ議員のいうことを聞くなんて、とてもじゃねえが、信じられねえ」

「それはそれ、斥候《せっこう》に再度の確認を急がせるしかない」

受けたクートンは、またひとつ話を転じた。ただ可能性は認めざるをえないと私も思う。ああ、バラスの副官も任命されたといったな。カンブーラと、それにレオナール・ブールドンだったたな。

「レオナール・ブールドンといえば、エベール派の残党だ。確かグラヴィリエ区に住んでいるはずだが、そのグラヴィリエ区といえば、あの激昂《アンラジェ》派ジャック・ルーが根城としていた街区《セクシオン》じゃないか」

「指導者を粛清されて、我々を恨んでいるということですか。復讐《ふくしゅう》がてらで、国民公《コンヴァンシ》会《オン》の召集にも応じるだろうと」

「ああ、オーギュスタン、ありうるんじゃないかね」

「ええ。さらにいうなら、アルシ区も激昂派が強かった街区です。シテ区のドブサン、モンマルトル区のアッサンフラッツ、いずれもエベール派や激昂派と共闘した連中ですから、あるいは敵方に回るかもしれません」

「敵に回るといえば、ブルジョワが強い西部の都心も危ないな」

今度はコフィナルである。オーギュスタン、クートンと後を受ける。

「ジャコバン・クラブも動きませんでした。今の代表のヴィヴィエは尽くしてくれたようですが、それでもクラブを挙げて蜂起《ほうき》を支持するところまでは……」

「会員の大半はブルジョワなわけだからな。国民公会の側につくとはいわないまでも、我々のほうにも積極的には合力《ごうりき》しかねるということか」

「マルス士官学校も動きません」

そういって、ルバは髪の毛を掻《か》きむしった。ええ、サブロン駐屯地《ちゅうとんち》にも呼びかけました。あそこにいる士官候補生たちは、革命精神を叩《たた》きこまれているからです。これからの共和国を担《にな》う期待の星であれば、きっと我々の窮地に駆けつけてくれると考えたのです。

「それなのに……」

「そんなことしてたのかよ」

また前に出たアンリオは、不服げな顰《しか》め面《つら》だった。おいおい、国民衛兵隊のこと、ずいぶん低くみてくれたものじゃねえか。それとも俺のことなんか、端《はな》から信用してないって話かよ。はん、なめてもらっちゃ困るぜ。

「士官学校が動かねえから、どうだってんだ。グラヴィリエ区だって？　アルシ区だって？　そこの国民衛兵が、なんだってんだい。卑怯《ひきよう》な変節漢じゃねえか。国民公会のためだって、命を張るつもりなんかねえ。はん、そんなの、役に立つはずがねえ」

「しかし、千人、二千人と集まれば……」

「こっちにだって、国民衛兵はいるんだ」

「………」

「ルバ議員、いいかい、ルバ議員、なにも弱気になることなんかねえ。こっちにも三千人からいるんだ。このグレーヴ広場には大砲だって、二十一門も並んで……」

「いや、いないな」

ぼそという感じの声だった。さほど大きな声でもなかったが、皆が一斉に振り返った。なにか決定的な気配を感じたのは、ロベスピエールも同じだった。なるほど、サン・ジュストだ。ああ、サン・ジュストの言葉は聞かなければならない。そう頼みにする気持ちが起きたのも、恐らくは皆が同じだった。

サン・ジュストのほうはといえば、窓辺に立つまま肩を竦《すく》めた。一緒に頬《ほお》を歪《ゆが》めた失笑は、いうまでもないといわんばかりだった。ええ、だって、いるはずがない。

「雨が降ったんですから」

「雨だと」

そう確かめたとき、アンリオは本当に解《げ》せないという顔だった。それでもサン・ジュストは平然と繰り返したのだ。ええ、雨です。さっき俄《にわ》か雨が降ったでしょう。

「だから、国民衛兵たちは家に帰ってしまったんです」

「馬鹿な……。国民衛兵隊が高《たか》が雨ごときに……。そんな、濡《ぬ》れたくないだけで……」

「一概に責められたものじゃないさ、アンリオ将軍。なんの命令も来なかったわけだからな。グレーヴ広場で、ずっと手持ち無沙汰《ぶさた》だったからな。あきあきして、腹は減ったし、日も暮れたし、そろそろ眠くまでなってきたところに、ザアアと大雨が降ったんだ。たまらねえ、こいつぁ家に帰ろう、となったとしても、無理ない話だと思うがな」

「いや、ありえねえ。そんなの、司令官の俺が認めねえ」

「だったら、自分の目で確かめてみればいい」

促されて、アンリオは窓辺に駆けた。硝子窓《ガラスまど》に顔をつけたが、曇ってよくみえなかったらしく、苛々《いらいら》した手つきで窓を拭《ふ》いた。ガンという物音に首を竦めさせられることになったのは、その直後の話だった。

アンリオが拳《こぶし》で窓枠を叩いていた。

「ありえない。こんなこと、ありえない……」

こちらの卓の周りでも戦慄《せんりつ》が生じていた。さらにコフィナルが走り、レスコ・フルリオが、そしてパヤンが窓辺に急いだ。その三人が三人とも呆然《ぼうぜん》と絶句したからには、サン・ジュストの言葉は嘘《うそ》ではなかったのだろう。

ロベスピエールも最後に覗《のぞ》いた。グレーヴ広場の国民衛兵は、ほとんどいなくなっていた。雨に濡れた石畳が、ただ暗い鏡を思わせているだけだった。

「アンリオ将軍、あなたのせいだ」

そう叫んで、コフィナルは丸太のような腕を伸ばした。襟首《えりくび》を取られると、瘦《や》せ男のアンリオは柳の枝のように揺れないではいられなかった。

「大体どうして、こんなところにいるんです。アンリオ将軍、あなたの持ち場は会議室じゃない。あなたは兵士と一緒にいるべきなんだ。あなたがグレーヴ広場でみていれば、兵士たちも勝手にいなくなりはしなかった。ええ、仮に家に帰りたいと思っても、我慢して帰らなかったに違いない」

「まあ、まあ」

屈強な大男を止められるのは、今やサン・ジュストだけだった。現にサン・ジュストの仲裁なら受け入れて、コフィナルは手を離した。

美貌《びぼう》の男は涼しい顔で先を続けた。ええ、アンリオ将軍を責めても、仕方がない。

「将軍が下の広場で見張っていたとしても、どれだけの国民衛兵が残ったものか。堅気《かたぎ》のパリジャンは、もともと外泊を好みませんから」

「そ、そんな軟弱な……」

弁護されておきながら、アンリオは収まらないようだった。ああ、国民衛兵だって、兵隊なんだ。外泊を好まないなんて、そんな軟弱な理由で持ち場を離れるなんて……。

「軟弱なんだよ、アンリオ将軍。国民衛兵も、人民協会《ソシエテ・ポピュレール》も、クラブも、パリの場末の人々までもが軟弱なんだ」

「馬鹿をいってもらっちゃ困るぜ、サン・ジュスト議員。七月十四日だって、八月十日だって、五月三十一日から六月二日にかけてだって、パリは戦ってきたんだ。ちょっとやそっとじゃへこたれねえ気骨者だから、勝ち抜いてこられたんだ」

「その気骨者が、もういないのさ」

「どうして」

サン・ジュストは右手を差し上げた。手刀にしてみせてから、自分の首のあたりで横に走らせた。

「シュッと、気骨者はみんな断頭台に送られた」

全員が殺されたといえば大袈裟《おおげさ》ながら、パリ諸街区の活動に厳格な統制が加えられたことは事実だった。これに逆らい、異を唱えれば、あるいは唱えたとみなされただけでも、そのときは直《ただ》ちに革命裁判所行きになる。

「生き残っているのは、大人しい連中ばかりさ。権力者が右といえば右といい、左といえば左という、迎合の手合いばかりなのさ」

「……………」

「もとより、恐怖政治《テルール》を敷いてきた。民衆が野放図な暴力に走らないよう、それを先取りするというのが、恐怖政治の図式だ。あの猛々《たけだけ》しかったパリの人々も、先に先にと回られるのにすっかり馴《な》れて、今さら起《た》ち上がれといわれても戸惑うばかりだ。国民衛兵たちだって、気骨をみせろといわれても、もはや閉口するだけだろう」

一同は声もなかった。サン・ジュストの言葉に打ち据えられたように、その場に立ちつくすことしかできなかった。

静寂を破ったのは、ルバだった。すでにして縋《すが》るような調子だった。ああ、それだったら、サン・ジュスト、それだったら、こういうことにもならないか。

「向こうにも気骨者はいないと。つまりは国民公会の国民衛兵隊も怖くないと」

「ああ、本来的には怖いものじゃない。それでも命令されれば動く。銃も撃てば、突撃だってするだろう」

「そんな……」

「当たり前だよ、ルバ。権力者のいいなりなんだから。命令に従うことだけは得意なんだから」

「だったら、私たちも命令するしかない」

そう断じたクートンは拳を握りしめていた。ああ、国民衛兵隊を呼び戻すんだ。手持ち無沙汰にならないよう、命令するんだ。雨など気にならないくらい、働かせるんだ。

「それは、できるのだろう、サン・ジュスト」

「できるでしょう、それなら、ね」

「ならば、決まりだ。あちらの国民公会か、こちらの自治委員会か。テュイルリ宮か、市政庁か。人民が従うべき正統な権力は一体どちらなのか。全面戦争というわけだ」

「しかし、だ」

こうなると、ロベスピエールも聞き役ばかりではいられなかった。しかし、議会に武器を向けるわけにはいかない。国民の代表であることに変わりはないのだ。

「暴力で屈服させることだけは……」

「だから、ロベスピエール、相手を屈服させるのではない。もはや我々は自らの身を守らなければならないのだ」

「…………」

「我々が暴力を憎み、武力の行使を控えたところで、そんなもの、国民公会は斟酌《しんしゃく》しない。手向かう手向かわないに関《かか》わりなく、向こうは我々を殴りつけると決めたのだよ。ああ、国民公会の軍勢は準備が整い次第に攻めてくるのだ、この市政庁の建物を」

「……わかった」

ロベスピエールの承諾が活動開始の合図だった。

34——動員

「さあ、急ぎましょう」

ひとつ手を打ち、パリ市長レスコ・フルリオが大卓に戻りながら号令した。国民衛兵隊を急ぎ呼び戻さなければならないとして、我々の要求に応《こた》える街区《セクシオン》はどこか。

「サン・キュロット区は確実だ。なんたって、俺《おれ》の街区だ。隣のオプセルヴァトワール区だって、間違いねえ」

「ならば、アンリオ将軍、あなたが手紙を書いてくれますか」

「ポン・ヌフ区も手堅いでしょう」

「では、パヤン、そちらは君に任せる」

「ピーク区にも当たってみよう」

「というのは、クートンさん」

「私が住んでいる街区だ。というより、デュプレイ屋敷のあるところで、つまりはロベスピエールの街区だ」

「それは落とせませんね」

「軍隊にも声をかけては、どうでしょうか」

「コフィナル君、それというのは」

「正規軍のほうです。パリ近郊にも多少は駐屯しています。そちらに声をかけてみるというのも、一案なのではないかと」

手紙の作成が始まった。壁の柱時計を確かめれば、もう午前二時をすぎていた。いうまでもなく、休んでいる暇はない。

パリ自治委員会の紋章が印刷された用紙は、ほとんど投げるようにして配られた。担当の各人は、そこに猛然たる勢いで筆を走らせていく。そうした作業をロベスピエールは、ただ傍観していることしかできなかった。

承諾はした。が、納得したわけではなかった。筆を執《と》る気にもなれないのは、まだ自問に捕われていたからだった。ああ、これは正しい行いなのか。各所に呼びかけ、兵を募《つの》り、議会に対して武器を向けて、それは本当に正しいのか。相手を害する目的ではなく、あくまで我が身を守るためなら許されるのか。仮に肯定されるとして、それは革命のためになるのか。フランスのため、この共和国の人民のためになるのか。

「できました。署名をお願いいたします」

「ああ、こちらもできた。同じように皆の署名を入れられたい」

それぞれに声が上がった。ロベスピエールの前にも紙片が回されてきた。

「勇気を奮われたし、ピーク区の愛国者諸君。自由は今日の勝利を手に入れんとしている。裏切り者に常に脅《おびや》かされてきた人々は解放された。人民は自らが評判に違《たが》わぬ気骨者であることを、いたるところで証明しているのだ。集合場所はパリ自治委員会である。そこでは勇敢なるアンリオが、この国を救うために組織された執政委員会の命令を実行せんと控えている」

そうした文面の最後には、先んじて「ルルブール、ルグラン、ルーヴェ、パヤン」と署名が入れられていた。

ひとつ眼鏡《めがね》をなおすと、ロベスピエールは羽根ペンをとった。インクをつけたペン先を、紙面の上に置くこともした。

「ロ《RO》……」

とまで書いたところで、筆が止まった。手が硬直したかのように、そのまま動かなくなってしまった。ロベスピエールは、まだ確信が持てなかった。少なくとも皆の勢いに流されてよいとは思えなかった。が、それを見咎《みとが》めたクートンは、苛々《いらいら》した声だった。

「急いでくれ、ロベスピエール。君の後に私も署名するのだから。ああ、仕上げなければならない手紙は、まだまだあるのだ。さあ、これは軍隊に宛《あ》てる手紙だ」

また別な手紙が手元に滑りこんできた。読まずとも、これまた蜂起《ほうき》への参加を呼びかける文面である。が、こんなことをして、よいのか。こんなことをして、なんになるのだ。

「さあ、名前を入れてくれ」

「しかし、何の名において」

と、ロベスピエールは問うた。そうだ。手紙を出すには、権威の名前がいる。人々を動員するには、公安委員会の名において、あるいはパリ自治委員会の名においてと、自らの正統性を謳《うた》う名前が必要なのだ。

そうした理屈はクートンも容《い》れないではなかった。大きく頷《うなず》いてから答えた。ああ、執政委員会の名においてと記したところで、今回は弱いだろう。

「国民公会《コンヴァンシオン》の名において、としよう」

「国民公会の？」

「ああ、あえて国民公会を名乗るのだ。パリの多くが国民公会の名前に踊らされている。それを権威と目して、あたかも向こうが正統だというような勘違いをしている。その誤謬《ごびゅう》をわからせてやるのだ。こちらこそ正統なのだと訴えるのだ」

「しかし、我々だけで国民公会とは……」

「私たちが常に席を占めてきた場所だ。問題はないと思うが」

「それはそうだが、かえって混乱を招かないか」

そう返すと、クートンはううむと唸《うな》った。聞いていたのが弟のオーギュスタンで、話に割りこんできた。ええ、私の意見をいわせてもらってよろしいですか。

「フランス人民の名において、というのはいかがでしょう」

「フランス人民の名において、か。悪くはないが……」

ロベスピエールが、そう受けたときだった。なにやら外から声が聞こえた。物凄《ものすご》い勢いで雨が降りつけたので、それから硝子窓《ガラスまど》は閉められたままだった。雨音のほうは、いつしか完全に消えていた。かわりといおうか、はっきりとは聞こえないながら、人間の声と、それから駆け足のような物音が、ぼんやり聞こえたような気がしたのだ。

「ロベスピエール、ばんざい《ヴィーヴ》」

今度は言葉として聞き取れた。この「平等の間」に続く階段から聞こえた声は、仲間の合言葉として決められたものだった。

バンと扉が大きく開くと、闇《やみ》のなかから現れたのは青い軍服たちだった。先頭しかみえないながら、十人や二十人ではない。手に手に銃を運びながら、目という目を見開いて、最初に広間にいる人間を確かめたようだった。

あるいは誰かを探していたのかもしれないが、その間にこちらでは数語を交わすことができた。

「来たのか、国民衛兵たちが」

クートンは問いかける調子だった。いや、まさかな。まだ手紙も出していないのに、やってくるわけがないな。

「戻ってきたのではありませんか、来たというより」

と、コフィナルが別な考えを口に出した。ええ、もともとグレーヴ広場にいた兵士たちです。家に帰ってしまったのではなく、いったん雨宿りしていたんですよ。

「ああ、そうだ。きっと、そうだ。俺の国民衛兵隊が、そんな柔《やわ》なはずがねえんだ」

「あるいは斥候《せっこう》がテュイルリ宮から戻ってきたのかもしれませんよ。それを警護してきたのかもしれませんよ。ええ、さっき合言葉が聞こえたでしょう。それは敵味方も判然としない、混乱状態だったからなんですよ」

アンリオ、オーギュスタンと続ける間に、ロベスピエールは背後から袖《そで》を引かれた。振り返ると、ルバがいつにも増して弱気な顔で充血した目を向けていた。一緒に差し出していたのが、掌大《てのひらだい》の革袋だった。

「なんだね」

「自宅に戻れたときに、持ち出してきたものです。ふたつありますから」

確かにルバは自分でも同じ革袋を別に持っていた。が、意味は依然としてわからない。

なお怪訝《けげん》な気分ながら、ロベスピエールは差し出されたものを受け取った。掌に伝わるのは、思いのほかに硬く、重たい感触だった。

──こんなにも小さなものが……。

ロベスピエールは胸を衝《つ》かれた。その硬さと重さが刹那《せつな》に直感を走らせた。これは拳《けん》銃《じゅう》なのか。

──しかし、なぜ……。

ロベスピエールはハッとして顔を上げた。手元をみつめているうちに、眼前の風景が動き出した。ぐんと手前に出てきたように感じられたのは、青軍服の兵隊たちが一気に駆け出したからだった。ああ、無数の軍靴《ぐんか》に叩《たた》かれて、床一面が震えている。蠟燭《ろうそく》の火が銃剣に反射して、橙《だいだい》色《いろ》が乱舞する。

「動くな、動くな」

逮捕する。諸君ら全員を逮捕する。軍服が吠《ほ》えていた。が、そういわれる意味が理解できなかった。誰か教えてくれる人間を求めたか、とっさに後ろを振り返る自分がいた。いるのは、ルバだ。やはり、ルバだ。ロベスピエールが突きつけられたのは、その悲しげな目だった。

ルバは拳銃を握っていた。その銃口を自分の頭の横から、こめかみあたりに当てていた。なお意味がわからないでいる間に、その双眼を雷が走り抜けた。パンと乾いた音の響きは、その後に遅れたような気がする。

ルバは倒れた。大理石の床に赤黒い血溜《ちだ》まりが広がり始めた。ロベスピエールの顔にも灰色の煙が流れてきた。火薬が焼けた臭《にお》いがした。やはり、そうだ。ルバは自分で自分の頭を撃ち抜いたのだ。

――自殺したのか。

ようやくロベスピエールは悟った。しかし、なぜと問うならば、やはり答えは向きなおる先にあった。

「動くな、動くな、逮捕する」

同じ言葉を叫びながら、駆けこんでくる兵士は獣の表情だった。ああ、そうかと、ロベスピエールは出来事を理解した。「平等の間」が破られた。ということは、これは国民公会の兵士なのだ。市政庁を襲撃せよと命令された兵士なのだ。

――が、どうしたらいい。

考えるより先に手が動いた。というより、すでに手渡されていた。急ぎ革袋の口をあけ、なかに金属の手触りを確かめると、それをロベスピエールは一気に取り出した。

拳銃など触ったこともない。どうやって撃つのか、まったく覚えがない。それでも兵隊は迫りくる。操作を確かめている暇はない。慌てながら、それでも撃鉄を起こした気がする。覚束《おぼつか》ないというのは、直後に顎《あご》のあたりが物凄い衝撃に襲われたからである。

――重い。

熱い、と呻《うめ》いていると、彼方《かなた》にサン・ジュストの立ち姿がみえた。

ひとり、まだ窓辺にいた。やけに背が高いように感じられたのは、ああ、そうか、こちらが床に倒れたということか。

揺るぎなく起立しながら、またサン・ジュストも駆けこんでくる青軍服を迎えていた。その堂々たる振る舞いで、銃を構える相手さえいったんひるませてから、すっと両の手首を差し出し、自分から身柄の拘束を申し出た。

刹那に面倒臭《めんどうくさ》げに頭を振り、顔にかかる長髪を払う仕草にいたるまでが美しい。そのときサン・ジュストは、ほとんど高貴とさえ感じられた。

――ああ、サン・ジュスト、凄いな、君は。

そう心に呟《つぶや》いたのが最後で、あとのロベスピエールは闇に呑《の》まれた。

35――天井

気がつくと、みえたのは白い景色だった。なにもなく、ただ薄闇《うすやみ》の彼方《かなた》に茫洋《ぼうよう》と覗《のぞ》いている、白い色があるばかりだ。

ロベスピエールは自問した。もしや、これが天国なのか。あるいは地獄か。いや、天国も地獄もなくて、これが死後の世界というものなのか。

――私は死んだのか。

やはり死んだのかという呟《つぶや》きは抵抗なく、すとんと腑《ふ》に落ちるものだった。ああ、そうだった。拳銃《けんじゅう》で自殺したのだ。ルバに渡された拳銃で、ルバに倣《なら》って自殺した。ああ、サン・ジュストの立ち姿を仰《あお》ぎみて、つまりは私が冷たい床に倒れて寝ていた。

「…………」

背中が痛かった。どうやら今も仰向けに寝ているようだった。やはり硬いものの上だったが、大理石の床よりは温かい感じがした。手触りは木だ。なにか木で作られたものなのだと、そこまでぼんやり考えてから、ロベスピエールは覚醒《かくせい》した。

――生きている、のか。

意識の靄《もや》が晴れるにつれて、白いばかりの景色も草木模様の浮き彫りで、縦横に縁飾りが施されているのがみえた。これは部屋の天井だ。とすると、まだ市政庁の「平等の間」に倒れているのか。

いや、違う。だから、もう大理石の床ではない。この手の感触は木で、ああ、広間に据えられるような大卓だ。

ロベスピエールは目を動かした。やはり薄暗い部屋だった。あるいは僅《わず》かながらも明かりが灯《とも》されているおかげで、漆黒《しっこく》の闇が隅に追いやられているというべきか。まだ夜なのだと思いながら、すうと目を下ろしていくと、天井より低いところには壁紙が貼《は》られていた。

その淡い色合いと花模様には覚えがあった。「平等の間」ではない。ああ、公安委員会室だ。それも控えの間のほうだ。ということは、ここはテュイルリ宮のフロール棟なのか。市政庁で意識を失い、ここまで運ばれてきたということか。

――そういえば……。

微《かす》かに記憶が残っていた。切れ切れでしかないからには、ほとんど意識を失っていたのだろうが、それでも断片的には覚えている。

「ロベスピエールは死んだのか」

「いえ、まだ息があるようです」

がなるような男たちの声が交錯したかと思うと、ふっと身体《からだ》が浮き上がった。ああ、そうだ。市政庁の平等の間で床に倒れたのだった。私は恐らく担架がわりの板に乗せられたのだ。

「議会はなんと」

「ロベスピエールの再逮捕は歓迎する。が、議場に運び入れるには及ばないと」

「だったら、どうするんです」

「まて、議長に聞いてくる」

とりあえずと運びこまれたのが、そうだ、そうだ、公安委員会室の控えの間だった。なにゆえ控えの間かと問えば、隣では今も処遇が話し合われているというわけだ。

「なにか、ないのか。枕《まくら》のかわりになるようなものは」

「この木箱はどうだ。軍用パンの見本を入れてきたものだが」

ああ、それで構わないと頭の下に入れられた。確かに項《うなじ》のあたりには、今も硬い感触と鈍痛がある。

夢のような記憶の断片に留《とど》まらず、現実に人間が話している声も聞こえてきた。ああ、確かに夢ではない。今も数人が部屋にいて、やりとりを続けている。

「バラス将軍の軍隊は三千を数えたんだろう」

「市政庁の兵隊はといえば、百人も残っていなかったらしい。はん、嫌われたもんさ、ロベスピエール大先生も」

「先陣きったのは、グラヴィリエ区の国民衛兵だったというからな」

「激昂派《アンラジエ》の街区《セクシオン》か。『清廉の士《アンコリュプティブル》』を撃ったのも、ジャック・ルーの亡霊なんじゃないのか」

「いや、それはこっちについた憲兵隊のメルダという男だと聞いている。なんでもアンリオを釈放させられた悔しさで、手柄に逸《はや》ってたんだそうだ。ひとり勢いこんで、先陣に紛《まぎ》れたあげくが、ロベスピエールを仕留めるって大手柄さ」

それは違う、とロベスピエールは正そうとした。憲兵でも、国民衛兵でもない。私は自分で自分を拳銃で撃ったのだ。

ところが、声が出なかった。いや、掠《かす》れながらも音は出たが、それが呻《うめ》きにしかならない。一向に言葉になって響かないのは、ああ、そうだ、顎《あご》が動かないからだ。

顔の下半分が痺《しび》れていた。どこかに飛んで、すっかりなくなったような気もした。ロベスピエールは今さらながら見当をつけた。ああ、自分で撃った拳銃の弾丸は、きっと下から顎に命中したのだ。

脳味噌《のうみそ》までは届かなかったために、命に別条はなかった。が、かわりに痛手を負った顎は、どうなってしまったろうか。本当に吹き飛ばされて、もはや跡形もないというのか。

ロベスピエールは試みに舌を動かそうとした。その先がなにかに当たる感触はあり、まだ舌があることも、その先があたる咥内《こうない》が残されていることもわかった。舌で丁寧《ていねい》になぞるほど、前に飛び出し、後ろに倒れ、はたまた捩《よ》じれ、あるいは傾いで、歯の並びが歪《いびつ》になっていた。特に左のほうがひどい。弾丸は左の顎に当たったらしかった。

そのまま動かしていくと、舌先が穴のようなものを捕えた。頰《ほお》に穴が空くなんてありえないと退けかけたが、弾丸が貫通したものだ、そうして逸《そ》れたからこそ、こうして命拾いしているのだと考えなおすと、それとして認めるしかなかった。

徐々に感覚が戻ってくれば、もはや疑いようもない。心臓が顔に移動したかと思うくらい、どくどくと大きく波打ちながら、今も血は流れていた。鉄の臭《にお》いは目に痛いほどだったし、むず痒《がゆ》いような感触として、それが頰から耳に伝い続けているのもわかった。それ以前に大量に流れたらしく、飾《かざ》り襟《えり》もぐっしょりと濡《ぬ》れていた。

それをロベスピエールは拭《ぬぐ》おうとした。なにも考えずに左手を動かしてから、なにか柔らかいものを握っていることに気づいた。目の近くに寄せてみると、百合《ゆり》の模様が入れられて、文字も刻まれている。

「ルクール、王とその軍隊の銃製造、サン・トノレ通り、プーリ通り角、パリ」

そう記された革袋は、ああ、そうか、拳銃が入れられていたものだ。拳銃はなくなっていたが、なぜだか袋のほうだけは握りしめたままだった。

クラヴァットもなければ、帽子も、鬘《かつら》も、眼鏡《めがね》もなくなっている。青の上着は着ていたが、そのポッシュを探ってみても、入れていたはずのハンケチはみつからない。ロベスピエールは仕方なく、その革袋で顎の血を拭うことにした。

そうした手の動きに気づいたのだろう。部屋に居合わせた男、目尻で捕えたところでは、軍服姿の数人が大卓に近寄ってきた。俄《にわ》かに暗くなるくらい、ぐるりと周囲に詰められて、あげくに高いところから見下ろされれば、いくらかは怖いと思わずにいられなかった。

「野郎、目が覚めたらしいぜ」

「なんだ、やっぱり生きてたのか」

「時刻は、ええ、三時四十九分と。おい、公安委員会室の委員さんたちに報告してきな」

足音の気配が感じられた。上官に命令された通り、兵卒が隣室に報告に向かったのだろう。なお残る数人はといえば、そのまま話を続けていた。

「しかし、天下の独裁者も、堕《お》ちれば哀れなものだよなあ」

「おおよ、ぽかんと大口開けた阿呆面《あほうづら》しやがって」

「報いは当然さ。さんざ人を殺したんだから、天罰覿面《てきめん》というわけさ」

「人殺ししか楽しみがなかったんだろ。なるほど、なんの愉快も受けつけねえ『清廉の士』だものなあ」

「自分が清潔なのは勝手さ。ところが、俺《おれ》たちが楽しくやるのも、気に入らないってんだから、こいつは一種の病気だぜ」

「先月の宴会禁止の一件だろ。ああ、ブルジョワの旦那《だんな》が一杯奢《おご》ってくれるってんだから、俺たちが呼ばれていって、全体なにが悪いってんだ」

「なんでも、おかしな話を吹きこまれるからだとか」

「なにが、おかしな話だい。市民と市民のまっとうな語らいじゃねえか。それが気に入らねえってんなら、なんだい、ロベスピエールの奴《やつ》は実は王党派だったっていう、あっちの噂《うわさ》のほうが正しいってことかい」

それは違う。再び正そうとして、ロベスピエールは思い出した。言葉にならない。顎が動かない。どんな悪意の中傷を流されても、いや、とんだ間違いを放言されたとしても、それを正すことさえできない。

——終わった。

と、ロベスピエールは心に吐いた。言葉を奪われれば、政治家は終わりだ。なお文章は書けるとしても、それを演説にして人々に訴えることができなければ、もう革命家としては成立しないのだ。

血は容易に止まらなかった。血を吸うだけ吸ってしまい、じき革袋は絞れるくらいになった。用をなさなくなっても、かわるものはなかった。みかねたということか、覗きこんできた気弱そうな顔の兵士が、数枚の紙を持ってきてくれた。公安委員会の通達を出すための用紙だ。

「こんなものしかないのですが……」

ありがとう、といおうとしたが、そんな当たり前の言葉さえ出てこない。

36――怪我

六時には医者が来た。ヴェルジェース・フィス、そしてマリーグと名乗る二人で、どちらも外科が専門の軍医ということだった。もちろん、顎《あご》の怪我《けが》をみるためだ。

朝早くに呼ばれたせいか、二人とも機嫌がよろしい様子ではなかった。ロベスピエール自身に医学の知識はなく、あるいは軍医の流儀にすぎないのかもしれなかったが、診察する手つきから乱暴なような気がした。

なにしろ大きく口を開かせ、そこに扉の鍵《かぎ》を思わせる器具を嵌《は》め、つっかえ棒を嚙《か》ませるというのが、最初の処置だった。触診が痛いあまり、いきなり口を閉じてしまい、あげくに自分の舌を嚙む症例が絶えないからだと説明されたが、そうして処置を進める最中からして、ひらひら零《こぼ》れるものがあった。

軽いながらも、硬質な音が聞こえた。ロベスピエールは大卓に寝かせられたままだったが、刹那《せつな》は白いものがみえたような気もした。恐らくは何本か、歯が抜け落ちたのだろう。

「あらあら、根まで割れてしまっているよ。この歯と、それから、ああ、これも、抜いてしまうしかないね」

「無論だ。顎の左半分は骨が粉々に砕けてるんだ。土台が手の施しようなんかない」

「水で綺麗《きれい》に洗浄して、あとは、ああ、そうか、頬《ほお》の穴を縫合して……」

「うん、それから包帯で顎を固定しよう」

ロベスピエールからみえたのは、銀色に輝く数種類の器具と、水を満たした洗面器、あとは白いリネン布の包帯だけだった。

神経が麻痺《まひ》しているのか、痺《しび》れるような感覚だけで、痛みはなかった。血が拭《ぬぐ》われたせいで、さっぱりした印象はあった。救われたような気もしたが、顔中に包帯を巻かれる段になっては閉口した。そのままでは口も閉じない有様だということで、顎を下から引き上げるようにしながら、後頭部で結ぶことになったのだ。

確かに顎は閉じたが、少し息苦しくなった。恐らくは無事な右側が感じるものなのだろうが、きつく締め上げられて、かなりな痛みもあった。

「まあ、しっかり固定はしておきましたから」

「あと、顎の骨がどんな風に固まるかは、神のみぞ知るというところですな、我々医師の腕というよりも」

最後に軍医はいいおいたが、それを茶化したのが立ち会いの兵隊だった。

「はは、神さまなんか持ち出さなくても、俺《おれ》が保証できますよ。骨がつながる時間なんかありません。どんな風に治療してもらっても、こいつは間もなく死ぬんです」

軍医がいなくなってからも、嘲《あざけ》りは止《や》まなかった。それどころか、悪態の輪に加わる人数は増えていくばかりだった。夜が明けて、新たに起き出した者までが詰めかけて、部屋は俄《にわ》かに混み出したくらいだった。

「はん、この死に損ないがっ」

「どのみち殺されるんだから、いっそ綺麗に死んじまったほうがよかったんじゃないか」

「ルバみたいにか」

「ああ、そうだ。ときに、あいつの死体はどこに運ばれたんだっけ」

「セーヌ河に捨てられたんじゃないか」

そうやって、笑い声が爆発する。

「死に損ないといえば、こいつの弟だぜ」

「ああ、オーギュスタン・ロベスピエールも笑い話だな。兵隊の突入に泡食って、三階の窓から飛び降りたっていうんだからな」

「落ちたところが、これまた兵隊の上だったたってんだろ。軍刀だか、銃剣だかにぶつかって、腿《もも》に大怪我したっていうんだろ」

「飛び降りたといえば、アンリオだ。司令官の旦那は中庭のほうに落ちて、打ちどころが悪かったか、目玉が飛び出したっていうぜ」

「うへ、本当かよ」

「目玉が飛び出したのは本当だが、俺が聞いた話は少し違う。アンリオは自分で飛び降りたんじゃなく、逆上したコフィナルに窓から放り投げられたんだと」

「コフィナルって、あの革命裁判所の副所長の？　法服なんか似合わないくらいの大男の？」

「そうだ。なんでも、グレーヴ広場から国民衛兵隊がいなくなったのは、アンリオ、おまえのせいなんだって、吠《ほ》えたとか吠えないとか」

「へええ、激しいな」

そうやって、また爆笑なのである。

「死に損ないが、ほら、もうひとり来たぜ」

クートンがテュイルリ宮に来たのは、午前九時を少しすぎた頃《ころ》だった。うずくまるように丸くした身体《からだ》を、手押しの一輪車に乗せられて運ばれてきた。

市政庁の「平等の間」が破られたとき、クートンは車椅子《くるまいす》から投げ出されたようだった。自分で這《は》い逃げたあげくだとか、ひとりの兵士に蹴《け》られたのだとか、兵士たちの雑談から推すかぎりなので、判然とはしないながら、いずれにせよ、それから階段を下まで転げ落ちたという。

ひどく打ちつけて頭を切り、それは今も額のあたりに血を滲《にじ》ませる包帯から窺《うかが》えた。が、そもそもが自由にならない、車椅子の生活だったのだ。本当の痛手は計りしれない。

実際、それこそルバと一緒に、最初は死体として処理された。「セーヌ河に放りこむ直前」に、かろうじて息があることがわかり、クートンは朝までシテ島の施療院に預けられていたというのだ。

「はは、はは、クートンの旦那、もう身体が伸びないんだとよ。はは、ひひ、車椅子に乗る格好のまま、身体が固まっちまってるんだとよ」

「こんだけ難儀してるんだ。処刑されるのを待つどころか、なんなら革命家になる前に、自分で死んだほうが……」

笑いが断ち切られた。そのとき新たに連行されてきたのは、サン・ジュストだった。

左右から兵士に挟まれ、確かに連行される体《てい》だったが、むしろ左右に伴《とも》を従えるようにみえた。サン・ジュストだけは無傷だったからだ。疲れた様子ひとつなく、身だしなみにも泥ひとつなく、きびきび自分の足で歩いて入室したのだ。

――やはり、サン・ジュストは美しい。

ほとんど完璧《かんぺき》といえる美しさで、逮捕された身だなどとは思われない。なにか特別な光に包まれているようにさえ感じられる。

そうしたサン・ジュストには、悪態三昧《ざんまい》だった兵士たちも無言に退いた。それどころか、なにをされても、窘《たしな》める言葉ひとつなかった。

「おはようございます、ロベスピエールさん」

そうやって笑顔で大卓を覗《のぞ》いてから、サン・ジュストは退屈しのぎといわんばかりに、部屋のなかをブラブラ歩いた。自らの職場としてきた公安委員会室の控えの間であれば、ほとんど我が物顔という態度でもある。

それを兵士たちは固唾《かたず》を呑《の》んでみつめていた。皆の注視を弄《もてあそ》ぶように一周してから、サン・ジュストが立ち止まったのは、壁面に掛けられている人権宣言の額の前だった。しばし字面を眺めてから振り返り、恐らくはこちらの大卓に向けたのだろう。

「しかし、これを実行したのは私ですよ」

小さな笑いを続けられる段になっても、誰も何も言葉にできない。革命の非凡を体現する個性を前に、兵士たちは気圧《けお》されるばかりだった。ロベスピエールにいたっては嫉《しっ》妬《と》さえ感じていた。

――サン・ジュスト、どうして君は、そんなにも……。

血塗《ちまみ》れの自分が情けなかった。なにせ自殺さえ満足にできなかったというのだ。悔しくて、悔しくて、ロベスピエールは自分を叱咤《しった》せずにはいられなかった。

——ああ、マクシミリヤン、せめて立ち上がれ。

ロベスピエールは総身に力を入れた。はたして動くか。しかして動いた。大卓の上に半身を立てることができた。血が足りないのか、いくらか頭がフラフラしたが、手足のほうには怪我という怪我もなかった。ああ、動ける。

そのまま大卓を下り、ロベスピエールは肘掛椅子《ひじかけいす》を占めた。踝《くるぶし》までずり落ちていた靴下を膝《ひざ》まで上げて、血塗れながらも精一杯に威儀を正した。

おりよくといおうか、続きの公安委員会室の扉が開いたのは、そのときだった。出てきたのは、コロー・デルボワ、ビヨー・ヴァレンヌ、そしてバレールの三人だった。

「コンシェルジュリに送る」

それが三人による公安委員会としての決定らしかった。

サン・ジュストは平然として、またシテ島までの道を歩き始めた。クートンは再び手押しの一輪車で、ロベスピエールは肘掛椅子に座ったままで、それぞれ運ばれることになった。

外の陽《ひ》は目に眩《まばゆ》いばかりで、雨は嘘《うそ》のように上がっていた。朝の十時すぎだった。

37――行き先

両替屋橋《シャンジュ》を渡り、シテ島に渡ったところの大時計では、十時四十五分だった。そこから僅《わず》かの距離しかないが、乗った馬車が渋滞に難儀させられたため、ロベスピエールのコンシェルジュリ到着は十一時を少しすぎてしまった。

「オーギュスタン……」

コンシェルジュリには、弟が先に着いていた。市政庁から直《じか》に連れてこられたのか、あるいはクートンと同じように、ひとまず施療院に連れていかれ、そこから移されたのか。詳しいことは知れなかったが、ロベスピエールはそれを確かめようとも思わなかった。

椅子《いす》に座る体《てい》にはなっていたものの、オーギュスタンは力なく壁にもたれたまま、ぴくりとも動かなかった。銃剣だか、軍刀だかの上に落ちたと、兵士たちの話には聞いていた。太腿《ふともも》のあたりには、確かに大量に出血した跡があった。

眠っているかの顔をみれば、弟だけに幼な顔が浮かんできた。が、その頬《ほお》は白く、目のまわりは青黒く、血色がひどく優《すぐ》れない。もしかすると、もう死んでいるのかもしれないとさえ思われた。
可哀相《かわいそう》に。それでもロベスピエールは騒がなかった。もう同じことだからだ。どのみち死ななければならないのなら、断頭台で殺されるより、かえって幸運だったかもしれないのだ。

現にルバは死んでいた。兵士の与太話ではなく本当に死んでいて、すでに埋葬に回されたとも、コンシェルジュリで聞かされた。

コンシェルジュリには他にもいた。国民衛兵隊司令官アンリオ、同副司令官にして大隊長ラヴァレット、革命裁判所所長デュマ、パリ県刑事裁判所判事にしてジャコバン・クラブ代表ヴィヴィエ、パリ市長レスコ・フルリオ、国選吏員《りいん》にして第一助役パヤン、パリ自治委員会からシモン、ヴーアルメ、フォレスティエ、コシュフォール、ブーゴン、クネ、ロベスピエールを支持した街区《セクシオン》の活動家としてゴボー、ベルナール、ジャンシィ、ゲラン、ダザール、ローランという十八人に、死亡したルバを除く四人の議員を合わせ、革命裁判所に送られるべきは全部で二十二人だった。

とはいえ、裁判が行われるわけではなかった。国民公会《コンヴァンシオン》の決定で、すでに全員が法の保護の外に置かれていたからだ。それは裁判なしでの即時の処刑を意味する。革命裁判所に送られるのは、当人で間違いないか確認するという、つまりは人定《じんてい》手続きのためでしかなかった。

これが思いのほかに時間がかかった。人定手続きを滞《とどこお》らせたのは、訴追検事フーキエ・タンヴィルだった。いわく、法の保護の外に置かれた人間は、パリ自治委員会の職員二名の立ち会いで人定手続きが済まされるや、すぐに処刑することができる。が、そのパリ自治委員会の全員が、法の保護の外に置くと宣言されている。ゆえに合法的な人定手続きを進められない。

「どのようにすれば、よろしいか」

そうやって、フーキエ・タンヴィルは国民公会に問い合わせたのだ。

フーキエ・タンヴィルの意図は知れない。もしや二十二人の処刑を阻《はば》むつもりなのかもしれないと、その俠気《きょうき》に期待した者もいたが、いや、ただの責任逃れだろうという声のほうが、次第に大きくなっていった。

実際のところ、誰も彼もが責任逃れだった。問い合わせられた国民公会は、司法に関する事案だからと保安委員会に一任したし、その保安委員会は国政の大事だからと公安委員会に一任した。さらに責任を転嫁する相手もなく、公安委員会はパリ自治委員会の職員二名による立ち会いを省いてよいと命令を出したが、それが革命裁判所に届いたときには、もう夕《ゆうべ》の五時をすぎていたのである。

「恥ずかしい話だな」

サン・ジュストは冷たくまとめたものだった。さておき、あとは簡単だった。型通りの人定手続きが行われると、すぐに三台の馬車に分乗させられた。ロベスピエールは一台目、サン・ジュストは二台目、クートンは三台目で、「三頭政治」と悪態をつかれた三議員を三台に分けたことからして、すでに作為が感じられないではなかった。それぞれ馬車は大きな三色旗を掲げ、わざとらしいといえば、それまたわざとらしかった。

コンシェルジュリ出発は六時だった。三台の護送の馬車は両替屋橋で右岸に渡ると、サン・ドニ通り、フェロヌリ通りと経ながら、サン・トノレ通りへと入っていった。行き先は革命広場だった。革命犯罪人として多くが首を落とされてきた場所だが、実をいえば、いったんは処刑場ではなくなっていた。断頭台は草月《プレリアール》十九日あるいは六月七日をもって、サン・タントワーヌ通りの東端に移された。新しい処刑場となったトロン・ランヴェルセ広場とは、つまりは解体されたバスティーユ要塞《ようさい》跡のことだ。

直接的には、その翌日の草月二十日あるいは六月八日に行われた「最高存在《エートル・シュープレーム》の祭典」のためだった。主《おも》な舞台はテュイルリ宮とその庭園だったが、隣接する革命広場に血まみれの断頭台があるのでは、せっかくの晴れの日が台無しだということで、急遽《きゅうきょ》移動させられたのだ。

が、そのまま戻らなかったのは、サン・トノレ街の住民から苦情が寄せられたためだった。革命犯罪人の処刑が増えるに伴い、血腥《ちなまぐさ》さが染みつくことに辟易《へきえき》して、そのままにされることを求めたのだ。

かくてトロン・ランヴェルセ広場に移されていたものが、ここに来てまた革命広場に戻された。そのように国民公会で提案したのは、保安委員会のエリ・ラコストだったという。

サン・トノレ通りを進んでいく道程《みちのり》は、パリも都心の内だった。いうまでもなく、沿道は人、人、人で埋め尽くされる。断頭台が革命広場に戻されたのは、つまりは、そういうことだ。晒《さら》し者にするなら、人が多くなければならないのだ。

今日は革命広場なのだと熱心に触れ回り、国民公会は念押しの動員にも奔走したようだった。甲斐《かい》あってか、ロベスピエールらを乗せた三台の馬車は、ルイ十六世の処刑に匹敵する、いや、それにも増した人出に迎えられることになった。

「…………!?」

ゆらゆら景色が歪《ゆが》んでいた。はじめ見間違いかと思ったが、そうではなかった。

よくよく考えてみれば、この大都会に蜃気楼《しんきろう》が立ち上《のぼ》るだけの理由もあった。ああ、今にして大粒の汗が、つううと額を流れて落ちる。恐らくは左右に切り立つ高層建築が、空気を逃がさず滞らせるせいだ。その空気というのが、ぎらぎら照りつけられた真夏の熱気と、昨夜の雨が蒸発したあげくの湿気と、見物に駆けつけた何千何万という人々が吐き出す饐《す》えたような臭《にお》いの息を、一緒くたにしたものなのだ。

護送の馬車が現れるや、不快な空気はただ滞るに留《とど》まらなかった。たちまち熱風と化しながら、運ばれる革命犯罪人めがけて襲いかかった。

「来やがったな、独裁者め」

「なにがフランスの救世主だ。なにが祖国の父だ。おまえなんかルイ十六世にも劣る、ただの暴君じゃないか」

「吸血鬼ロベスピエールめ、今日こそ引導を渡してやる」

「そうだ、そうだ。覚悟しろ、この殺人鬼」

「おまえなんか、もう恐れるものか。フランスは解放された。もう恐怖政治《テルール》は終わりだ」

罵声《ばせい》という罵声に、ロベスピエールはいちいち頬を張られる思いだった。実際に顔を背けなければならないというのは、ときおり声と一緒に石まで投げつけられるからだった。

それが肩を打ち、膝《ひざ》を打ち、あるいは額を打ちつける。新しい傷口を作っては、運ばれる面々にまたぞろ血を流させる。が、それをロベスピエールは、さほど痛いとは感じなかった。あらためて堕《お》ちたものだと思い知るも、すでに身体《からだ》は半ば壊れているのだ。

38——罵声

痛いのは、やはり言葉だった。なかんずく痛いのは、女たちの言葉だ。金切り声を尖《とが》らせながら、こちらの心の奥底まで突き抜こうとするからだ。

「独裁者ロベスピエール、女という女の名前で、おまえのことを呪《のろ》ってやる」

「地獄から来た怪物め。ロベスピエール、おまえを罰することができると思うと、あたしゃ、喜びのあまり総身が震えに襲われちまうよ」

「悪漢ロベスピエールめ、フランスという国の女房と母親の恨みで満たされた墓場に、今こそ転げ落ちるがいいさ」

目を血走らせ、鼻水を垂らし、唾《つば》を汚らしく飛ばしながら、髪まで大きく振り乱し、この期《ご》に及んで身だしなみなど頓着《とんちゃく》しないようにみえながら、女たちのほとんどは首に赤い布を巻いていた。断頭台の犠牲者という暗喩《あんゆ》である。女たちは、反革命の輩《やから》とされて処刑された男たちの、恋人や、妻や、母や、子や、つまりは近親ということなのだ。

「ああ、わたしのジャン・ピエールを返してちょうだい」

「あたしに息子を返して。上の息子は戦争で死んだんだよ。それだのに、下の息子まで断頭台にひっぱっていくなんて……」

「みなよ、この無邪気な赤ん坊をさ。あんたが殺したのは、この子の父親なんだよ」

ことごとくの怒りが涙に濡《ぬ》れていた。

——恨まれるのは当然だ。

と、ロベスピエールは思う。ああ、仕方がない。どのような理由があれ、遺《のこ》された者が生殺与奪の権を有した者を憎むのは仕方がない。しかし、こちらも正しいことをしたのだ。

共和国を建てるためには、看過できなかった。革命を進めるためには、処断しなくてはならなかった。このフランスを守るためには、ひとつの油断もならなかった。ああ、大義のためであったなら、それをなしたことで恨まれても本望だ。

あげくに殺されるのだとしても、悔いはない。ああ、革命のためになら、私は死ねる。

——しかし、この死は革命のためなのか。

ロベスピエールは目をつぶった。革命のためだとはいえそうになかった。なんとなれば、革命は失敗した。そういわざるをえなかった。

いや、全てが無駄だったとはいわない。フランスは変わった。一七八九年までのフランスからは、確実に変化した。人間の権利が認められ、政治の主体は人民の側に移り、代議制が整えられ、司法・行政は整理され、教育は刷新され、度量衡が統一され、なにより国家は変わることができるのだと、あまねく世界に証明してみせた。

「暴君を倒せ《ア・バ・ル・ティラン》」

そう叫んで、現に「独裁者」を打倒しようとしている。人々は自分たちが望むように、世の中を変えられると思うのだ。一七八九年より前であれば、ただ声に出すことさえ臆《おく》する言葉を叫ぶのは、この革命で支配者を倒せることを学んだからなのだ。

――しかし……。

その革命が完成するまでには至らなかった。

政治革命で、全ての人民は自由になった。身分は廃され、平等にもなれるはずだったが、なお貧富の格差は残された。一方が飽食に明け暮れるかたわらで、他方が餓死を余儀なくされるほどに残された。生存権が保障されない社会が、理想郷であるはずがない。社会革命によって、真の平等を実現しなければならない。

――それが、できなかった。

容易な仕事ではなかった。富の再分配には抵抗が必至だからだ。実現するためには、所有権の神聖まで否定しなければならなかったのだ。

自分の幸福だけではない。皆の幸福を優先させよう。公的善を一番に考えよう。つまりは自由、平等、友愛のなかの、まさに友愛の精神なのだと説いたところで、一朝一夕には遂《と》げられない。が、それも心の芯《しん》から変えられるなら、つまりは新しい宗教を定着させられるなら、できなくはないはずだった。

――最高存在《エートル・シュープレーム》の信仰を打ち出し、それを大成させる道半ばにして……。

ロベスピエールは死ななければならなかった。無念といわざるをえない。なんとなれば、私が死んで、フランスはどうなるのだ。革命は遂げられるのか。共和国は続くのか。人民は幸福になれるのか。

――いや、革命は終焉《しゅうえん》する。

私の死とともに息の根を止められる。残るのは腐敗した輩か、よくて保身の輩だけだからだ。自己を犠牲にしてまで、革命を完成させようという熱意など、もはや誰も持たないのだ。

自明の末路が浮かび上がれば、ロベスピエールを突き上げるのは問いだった。

――なぜだ。

なぜ私は死ななければならないのだ。なぜ革命は終わらなければならないのだ。

馬車の進行方向に、不意に身体《からだ》が持っていかれた。ハッとして目を開ければ、急停車したようだった。

なにごとが起きたかと思えば、目の前に広がっていたのは馴染《なじみ》の風景だった。灰色壁の二階家が聳《そび》え、その屋根の向こうに中庭の木が枝を覗《のぞ》かせ、ああ、犬がさかんに吠《ほ》える声まで聞こえてくる。もうじきアソンプション通りの角で、ここはサン・トノレ通りもデュプレイ屋敷の前なのだ。

——デュプレイ家の人たちは、どうなったろうか。

まさか逮捕されたのではあるまいな。そう案じながら目を凝らせば、デュプレイ屋敷は閉めきられていた。玄関は無論のこと、下階のみならず上階にいたる窓という窓も、しっかり鎧戸《よろいど》まで閉じられていた。

誰かはいるということか。逮捕を免《まぬか》れ、自宅に留《とど》まることができたとしても、なお身構えずにはいられなかったのか。「独裁者ロベスピエール」の下宿なのだと、パリ中に知れ渡っているわけではなくとも、ちょっと調べればわかる話なのだ。

実際、人々は押しかけていた。デュプレイ屋敷に向けても脅《おど》すような声を投げかけ、かと思えば輪になって踊るような連中もいる。掌《てのひら》をふらふら頭上に泳がせながら、虚《うつ》ろな目をして身体をくねらせ、なにか異国にみられるような儀式を行っているようにもみえる。屋敷の玄関こそ邪教の神の祭壇なのだと、そういわんばかりなのである。

とすると、わざわざ馬車を停《と》めたのは、そこに供物《くもつ》を捧《ささ》げるためだったろうか。

「きやがったな、ロベスピエールめ」

「人殺しが。今日こそ罰を受けるがいい」

また罵声《ばせい》を浴びせられ、また石を投げられた。が、それ以上の何ができるわけでもない。せっかく馬車を停められても、護送中の革命犯罪人を荷台から引きずり下ろせるわけでも、自分たちの手で私刑を加えられるわけでもない。

下宿を突きとめた連中は、怒りの矛先を変えた。デュプレイ屋敷の壁に石を投げ、また玄関扉を足で蹴《け》り始めたのだ。

「やい、こら、ロベスピエールの味方なんだろ。きさまらも、出てこい」

「そうだ、そうだ、デュプレイ家の連中も引きずりだしてやれ」

「おお、ロベスピエールと一緒に革命広場へ送ってやれ」

馬車の荷台に縛られながら、ロベスピエールは沿道を睨《にら》みつけた。自分が罵《ののし》られることは構わない。己の正しさに自信があるかぎり、ひとつも傷つくものではない。しかし、デュプレイ家の人々は違う。デュプレイ家の人々に罪はない。主人のモーリス・デュプレイは政界の人間であるとしても、その家族は関係ない。

――おまえたちは、それをいたぶり……。

ひとりの少年が駆け出した。まだ十歳にもならない、ああ、あれはレ・アル市場の肉屋の息子ファビアンだ。

どうしたのだろう、とロベスピエールは首を傾《かし》げた。ああ、そうか。さすがに、いたたまれなくなったのか。なるほど、優しい子供だった。繊細なところもあった。そんなことを考えていると、ほどなくして脇《わき》に桶《おけ》を抱えながら戻ってきた。

「…………？」

なんなのだろうとみていると、デュプレイ屋敷の玄関扉に赤黒い花が咲いた。同時に特有の異臭が立ち上り、それが血、恐らくは肉屋で解体した牛か豚の血であることが知れた。

――なんてことを……。

人々は大喜びだった。歓声を上げながら、我も我もと押しかけて、血塗られた玄関扉に自ら手をつけることまでした。それを灰色の壁に押しつけて、赤黒い手形にして回るのだ。

興奮のサン・トノレ通りは、なにがなにやらわからなくなった。人垣にうねりが生じて、馬車全体が左右に揺れるくらいの大騒ぎになった。デュプレイ屋敷に辱《はずかし》めを加えては、踵《きびす》を返して馬車の革命犯罪人に肉薄し、今度はこちらに汚れた唾を吐きかけて、また沿道に帰っていく。

よだれを垂らして、獣のように歯を剥《む》き出し、隙《すき》あらば喉首《のどくび》にも嚙《か》みつかんばかりの勢いで、人間らしい憐憫《れんびん》の欠片《かけら》も感じさせやしない。

――みるにたえない。

そうは思いながら、ロベスピエールは今度は目を閉じなかった。それどころか、大きく目を見開いて、文字通り瞠目《どうもく》していた。というのも、驚かずにはいられない。あのファビアンが、こんな残酷な真似《まね》をするなんて……。

悪い子供ではなかった。どこにでもいる普通の少年だ。頭が悪いわけでもなく、人権宣言をそらで読み上げるくらいだったから、むしろ優秀だったといってよい。肉屋の遣いで、デュプレイ屋敷にも頻々《ひんぴん》と顔を出した。ロベスピエール自身にも可愛がってきた意識がある。それなのに、こんなにまで無慈悲な真似をしてしまう。

——こんなにまで憎まれていたということか。

39——人々

馬車は再び動き出した。サン・トノレ通りは、まだ終わらなかった。

沿道の人垣は絶える様子もない。のみならず、連なる建物の露台《バルコン》という露台にも、人、人、人がびっしりと並んでいた。違和感があったというのは、一見して身なりが上等、というより、その日にかぎっていえば、派手派手しいくらいだったからである。

「………」

サン・トノレ通りに面するのは、富裕の層で占められる街区《セクシオン》ばかりである。サン・キュロット寄りの政策は歓迎されない。エベールが生きていた頃《ころ》など、かなり反感を持たれた。野卑な「デュシェーヌ親爺《おやじ》」は憎まれていたといってもよい。

——それだけ穏健で、しかも理性的な人々だった。

わからず屋の質《たち》ではない。革命の理想にも、少なからず共鳴してくれた。ああ、私の政策にも常に賛同してくれた。諸手《もろて》を挙げての大歓迎ではなかったかもしれないが、風月法《ヴァントーズ》の趣旨とて理解してくれたはずだ。

少なくとも、悪い人間たちではなかった。隣人として暮らして数年、ロベスピエールはサン・トノレ通りの人々は信用できると考えていた。革命通りといわれ、ジャコバン・クラブ、それに往時は一七八九年クラブ、フイヤン・クラブと並べ、テュイルリ宮にも程近いという、この政治的な界隈《かいわい》の人々だけは、最後まで信じられると思っていた。

──それが……。

罵声《ばせい》は露台も変わらなかった。殺せ、殺せ。死刑だ、死刑だ。独裁者《ア・バ・ル・テイラン》を倒せ。暴君を引きずり下ろせ。断頭台の窓に、そいつの頭を入れてやれ。

「ああ、死ね、ロベスピエール。説教くさいんだ、おまえは」

「いなくなれ、いなくなれ、これで商売が自由になる」

「なにが最高価格法だ。売れば売るほど損をする商売なんか、やってられるかってんだ」

「なにが風月法だ。汗水垂らして働いて、ようやっと拵《こしら》えた虎《とら》の子の財産なんだ。中傷ひとつで犯罪者にされて、貧乏人に配られて堪《たま》るもんか」

「ああ、ロベスピエール、おまえさん、要するに泥棒なんだよ」

酒瓶片手にまくしたて、あげくに露台の高みから、ぶううと赤い液体を吹きかける。

断頭台が革命広場に戻されるはずだった。サン・トノレ通りにこそ、ロベスピエールの敵がいた。「清廉の士《アンコリュプティブル》」と呼ばれた男を陰で最も厭《いと》い、それが失脚させられた暁《あかつき》には声をかぎりに罵《ののし》らんという人々は、この通りにこそいたのである。

――こんなにも、私は……。

それは長いこと隠されてきた、人々の未知なる表情だった。

――醜い。

と、ロベスピエールは思わずにいられなかった。着飾る金持ちたちは、そのことで美しくなどみえなかった。太鼓腹を突き出しながら、ゲラゲラと大口を開けて笑い、分厚い唇を震わせながら、ブウブウとうるさく吠《ほ》えたて、目の下に弛《たる》んだ襞《ひだ》が揺れるほど、まさに豚さながらなのだ。

恥も知らない。恐らくは商売女なのだろうが、露台には女たちも半裸で騒いでいた。髪となく、肩となく、これみよがしに花を飾り、厚化粧の真っ赤な唇を突き出しながら、やはり罵声を張り上げている。

それは革命の峻厳《しゅんげん》な空気に気圧《けお》されて、しばらくは隠れ暮らした女たちだった。ロベスピエールとしては、そのままパリから、フランスから、根絶してしまいたいとさえ考えていた。それが今日には大通りに繰り出して、もう金持ちたちに金で買われているというのだ。

「げへへ、げへへ」

その露台では下卑《げび》た笑いを重ねながら、肥えた男が女の乳房をまさぐっていた。

「きゃはは、きゃはは」

それを咎《とが》める素ぶりもなく、されるがままの女は酒杯片手に馬鹿笑いである。まさに常軌を逸している。文字通りに醜態をさらしている。が、やめなさい、恥ずかしいと思いなさいと、窘《たしな》める言葉は出てこなかった。

顎《あご》が動かなかった。どんな不道徳をみせられようと、どんな不正を働かれようと、もうロベスピエールは鋭い声を楔《くさび》にして、相手に打ちこむことなどできなくなっていた。怒りは行き場を失った。が、それだから腹に憤懣《ふんまん》が暴れるのではなく、かえって総身に行き渡るのは冷たいばかりの無力感だった。ああ、なにもできない。こんな不快なものをみせられて、もう私にはなにもできない。

馬車に揺られるロベスピエールは、ただみているしかなかった。

それが内省に導いた。

――これまで私は何をみてきたというのか。

何もみてこなかったのか。いや、そうではない。ブルジョワも、サン・キュロットもなく、私は人々のなかに飛びこもうとした。その苦しみを理解し、その幸福のために戦ってきた。人々のなかにこそ、健全な精神が息づくと考えたからだ。そう確信して、疑う理由ひとつなかったからだ。

――しかし、本当の姿はみてこなかったのか。

あるいは上辺《うわべ》しか……。あるいは一面しか……。見誤る理由については、ロベスピエールにも思い当たる節があった。

要するに人民を美化してしまった。健全で、常に公共の善を考え、つまるところ徳のある人民。

――そうでないものは、全て切り捨てた。

愛国者でなければ、反革命とみなした。それは善でなければ、直《ただ》ちに悪という論法だ。が、人間という生き物は、全《まった》き善でも、全き悪でもなく、両者の狭間《はざま》にいる、あるいは両者を渾然一体《こんぜんいったい》として併せ持つ存在であったのだ。

だとすれば、愛国者ではないからといって、直ちに反革命ということも……。清純な乙女《おとめ》でなくなったからといって、リュシルを悪い女だとも……。そんな、ひとつの汚《けが》れも許せない潔癖な性分ゆえに私は憎まれ……。

――いや、それにしても醜すぎる。

ロベスピエールは揺らいだ自分を取り戻した。ああ、サン・トノレ通りにみえたものは、弁護に値するものではなかった。

なんとなれば、富裕の人々は、まさに脂肪の塊《かたまり》だった。いや、それだけではない。貧困の人々は、こちらも飢《う》えた獣さながらだった。

40──未来が

醜さは順当な結末だった。人々は自分のことだけ、自分が生きていくことだけ、極言するなら、自分の肉体を喜ばせることだけなのだ。

──しかし、人間には精神もあるはずだ。公《おおやけ》のために自分を犠牲にできる精神、その業《わざ》こそは革命だった。それは精神が肉体に挑みかかる戦いだったのだ。

その結末が今こそ眼前に示されていた。美味飽食にも満たされず、また満たされなければ、簡単に人品《じんぴん》を喪失する。そうした人々の姿は、紛《まぎ》れもない精神の敗北を意味していた。醜い、人間とは醜い、およそ醜すぎる生き物なのだ。そのことを知らしめるには、どうすべきか。自ら改めさせるためには、いかなる手段がありうるか。

精神の勝利を高らかに謳《うた》うためには、肉体の魔を完全に脱却しなければならない。それは肉体に頓着《とんちゃく》しないことだ。それが難しいのなら、肉体を捨てなければならない。そんなことはできない、人間として生きるかぎり醜さは宿命だというならば、最後は死ななければならない。

──革命家として、精神の力のみを誇示しながら絶命する。

それは美しい死になるはずだった。ああ、人々が畏怖《いふ》するほどの美しさだ。思わず己を恥じるくらいの美しさだ。無言のままに、人々に醜さの克服を決意させる美しさだ。

──だから、サン・ジュストは……。

言葉を捨ててしまったのか、とロベスピエールは思いついた。演説を遮《さえぎ》られながら、なんの抵抗も示さず、あるいは人々を鼓舞する声を喉奥《のどおく》に呑《の》んだまま、革命の終焉《しゅうえん》を静かに傍観するようだったのは、そうした己の美しさをみせつけるためだったのか。

なるほど、サン・ジュストは人間をみていた。その透徹した眼差《まなざし》で、自分の何倍も人間を見抜いていただろうと、ロベスピエールは素直に思う。だから、早くに絶望したのだ。無駄な闘争に見切りをつけ、己《おの》が死をもって革命の価値ばかりは歴史に刻まなければならないと、潔く心に決めてしまったのだ。

──ならば、私は……。

革命広場に到着したのは、午後の七時半だった。やはり物凄《ものすご》い人出だったが、夏季であれば、気持ちのいい青空は残されていた。少し救われた気分にはなれたものの、傷つき、消耗した身体《からだ》には、もはや自分で歩く力は残されていなかった。

断頭台に並ぶにも、ロベスピエールは他人の手を借りなければならなかった。なんて情けない。が、それだけ命の火が乏しいということだ。美しい死に近づいているということだ。

同じく運ばれる体《てい》だったクートンは、断頭台に腹ばいになることさえできなかった。深夜の怪我《けが》のせいというより、積年の病気で身体が硬直していたからだが、それを処刑人の助手に無理矢理伸ばされる段になると、聞くも忍びないような悲鳴を上げた。銃で撃たれるより痛いのだろう。断頭台の刃が落ちて、その悲鳴が止《や》んだとき、クートンは救われたのだと得心された。

オーギュスタンは、やはり生きているのか死んでいるのかわからなかった。力ない身体が静かに断頭台に運ばれて、悲鳴はもとより、呻《うめ》き声ひとつ上げることなく、ただ首だけ籠《かご》に転げ落ちるという処刑だった。

サン・ジュストは美しかった。背筋を伸ばし、胸を張り、すらりと格好よい長身を自ら引き立ててから、波を打つかの長髪を柔らかに風に靡《なび》かせた。

それを刃がひっかからないようにと、項《うなじ》のところでジャキジャキ切り落とされて、なお冴《さ》えた美貌《びぼう》は微塵《みじん》も堕《お》ちたりしなかった。一歩また一歩と進んでいく姿をいえば、罪人が処刑台に上がるというより、役者が舞台に上がるかの颯爽《さっそう》たる様だった。

さすがの群集も静まりかえった。その首が音もなく落ちたときには、あちらこちらで悲鳴すら上げられた。美しいものは、やはり失いたくないのだ。肉体に埋もらせるまま、精神をすっかり滅びさせたくはないのだ。

ロベスピエールの処刑は最後から二番目、パリ市長レスコ・フルリオの前だった。

自分の順番を待つ間も、怖いとは思わなかった。恐らくは惜しむだけの命も残されていないのだろう。自殺未遂で大量の血を失う以前に、政治に疲れて、革命に疲れて、人生に疲れていた。ましてや絶望しか見出《みいだ》せないと達観した今、なにを恐れるというのか。

実際、処刑役人サンソンに肩を押されたときも、心は静かだった。やはり他人の助けを借りながら、なんとか断頭台の上まで登ると、肩にかけていた上着も取られた。

「最高存在の祭典《エートル・シュープレーム》」で着た晴れの上着だが、今となっては意味もない。もとより、身だしなみも何もない。クラヴァットはなくなり、襟《えり》は汚らしく血に塗《まみ》れ、また帽子も鬘《かつら》もなくなっている。几帳面《きちようめん》な性格から自毛は常に短くしてあり、断頭台の刃が後ろから首を断つのを、邪魔できるものもない。

「いや、こいつは邪魔だな」

そう吐き出したのは、ロベスピエールの手足を革紐《かわひも》で断頭台に括《くく》りつけた男だった。サンソンの助手のひとりだが、いきなり「こいつ」といわれても、腹ばいで首も回らない身には何のことだかわからなかった。

無理にも承知させられたのは、その直後のことである。処刑役人の助手は包帯を引きちぎった。砕けた顎《あご》を支えていたものだが、そのために後頭部にまで巻かれているので、断頭台の刃がひっかからないではないと考えたのだろう。

——あるいは止《とど》めの辱《はずかし》めか。

力ずくで包帯を取られたのだから、もちろん痛みはあった。刹那《せつな》にはパラパラと歯まで落ちたが、その痛みもあわせて、不思議と気にならなかった。

堪えがたく感じられたのは、支えをなくした下顎が上顎から離れたことだった。風が舌の湿りを冷たく攫《さら》った。パカンと大口を開ける格好になったが、無論のこと言葉は出ない。声なら出るが、言葉にならない。いや、だから声なら、まだ出るのだ。

何かが駆けた。ロベスピエールは声を上げた。思いきり張り上げた。呻いたのか、叫んだのか、はたまた悲鳴を上げたのか、自分でも判然としない声だった。どうして声を上げたのかもわからない。なにを訴えたかったのかも知れない。それでも、なにか伝えたかったのだ。居合わせた人々に、伝えずにはおれなかったのだ。

——なんとなれば、私は変えたい。

この国を変えたい。社会を変えたい。人々をより良く変えたい。それが容易に変えられない、早晩絶望するしかない、醜悪きわまりない世界であったとしても、あきらめることなく働きかけて、いつか必ず変えてみせたい。

――だから、死にたくない。

と、ロベスピエールは思った。生きて、革命を実現したい。実現できないはずがない。この期《ご》に及んで、なお私には人々を信じる気持ちがあるからだ。それが見果てぬ夢であれ、成立しえない矛盾であれ、いつか必ず応《こた》えてくれると思うからだ。

ロベスピエールは断頭台の上で泣いた。断頭台の刃が木枠の間を滑る、シュルシュルという音が聞こえる間も泣いていた。あきらめたくない。あきらめたくない。人間には未来があると信じたい。皆が満たされる未来だ。誰も悲しまない未来だ。この私さえ、きっと幸せになれる未来が……。

41――世話役

パリの朝は早い。それは監獄のなかも同じだった。

獄中だからと、暗くなっても始まらない。獄中だからこそ、無理にも明るく振る舞わなくてはいけない。そのためには張りきって、朝から動き出すことなのだ。

「おはよう」

おはよう、おはよう。クレール・ラコンブはその朝も挨拶《あいさつ》の声を響かせた。廊下を進んでいくごと、あちらの房、こちらの房と覗《のぞ》きながら、皆に声をかけていくのだ。

鈴の音《ね》よろしく澄んだ声が、元宮殿の高級石材に木霊《こだま》する。さすがは元女優の発声で、なんともいえない調べとなって、耳に心地よいのみならず、聞く者によっては、ある種の霊感すら覚えるという。看守が鳴らすけたたましい鐘の音で無理に起床させられるより、遥《はる》かに目覚めがよいというので、その声はすでにして、リュクサンブール監獄の風物詩になっていた。

「おはよう」

「ああ、おはよう、クレール姉さん。朝から、なんですが、蠟燭《ろうそく》は手に入りませんかね」

「蠟燭ね。コンスタンス、あんた、また夜に手紙を書いたのね。昼に書けばいいんだけど、まあ、それじゃあ、気分が出ないか、恋人に宛《あ》てるんだものね。うん、わかった」

「おはよう、クレールさん。すいません、わたし、実は乳の出が悪くって……」

「だから、泣きやまないわけね、この子。まずは、あんたが栄養を取らなくちゃあ」

「それでもパンは……」

「足りないんだけど、ううん、なんとかするわ」

　挨拶を返すだけでなく、四人仲間は頼み事も寄せてくる。さすが共和主義女性市民の会を率いただけのことはあるというか、クレール・ラコンブには監獄の世話役というような風もあった。

「おい、クレール。例の姉妹は最近どうなんだ」

「どうって、知らないよ。四人の見回りは、あんたの仕事じゃないの」

「ところが、俺《おれ》がいったんじゃあ、あいつら自殺しかねないんでね」

「しょうがないね。わかった。あとで覗いてみるから」

「頼んだぜ」

そうやって看守にまで頼られるのだから、世話役というより、もはや顔役というほうが正しいのかもしれない。

なるほど、もう獄中生活も長かった。逮捕されたのは共和暦第二年の芽月《ジェルミナール》十三日あるいは一七九四年四月二日の話だ。今日が共和暦第三年芽月十三日あるいは一七九五年四月二日であれば、ちょうど一年ということになる。

それは激昂《アンラジェ》派の逮捕が相次いで、ジャック・ルーが獄中で自殺に終わり、さらにコルドリエ派も摘発されて、あのエベールまでが断頭台の露と消えた頃《ころ》だった。

クレール・ラコンブは絶望した。もう革命は終わりだと思った。終わりでなくても、政治には嫌気が差した。少なくとも血みどろのパリは、いたたまれなかった。

クレールは仕事を探した。何の仕事といって、また女優に戻るしかなかった。

実際にダンケルクの旅劇団と契約を結んだ。また巡業生活の始まりだ。方々の芝居小屋を転々として、フランス中を回るのだ。そう決めて荷造りまでしたところを、逮捕されてしまったのだ。

ポール・リーブル監獄、プレシ監獄、サント・ペラジ監獄と移されたあげく、ようやく落ち着けたのが、このリュクサンブール監獄だった。

そのときの話では、ダントン派が処刑されて、連座の「リュクサンブールの陰謀」まで処断されたので、その分の房が空いたということだった。

「というわけだから、四十スーなんて払えないのよ」

と、クレールは切り返した。入口の鉄格子を挟んでやりとりしているのは、この監獄を得意先にしている小間物屋だった。ええ、蠟燭から、針から、糸から、端切れまで、それに食糧だって、牛乳、卵、ベーコン、塩漬けニシンと、みんなを代表して、まとめ買いしてやってんだから、あんたも少しは安くするのが本当でしょう。

「こっちだって、これ以上は安くできないねえ。なんせ、この物価高なんだ。雪月《ニヴォーズ》に最高価格法が廃止されちまったからな。物の値段は軒並み、十倍というわけさ」

「十倍は大袈裟《おおげさ》よ。それに最高価格法が廃止されたからって、急に値段を上げるなんて、あこぎにも程がある。そんな暴利を貪《むさぼ》る商売を認めるなんて、政府だっておかしいよ」

「さすがは政治犯だ、いうことが違うねえ。けど、クレール姉さん。政府に文句をいうことはできるかもしれないが、天気に文句をいうことはできないんじゃないかね」

「どういう意味よ」

「この冬の寒さは御存じでしょう。セーヌ河が凍っちまって、船が止まっちまったもんだから、品物が入らなくなってんですよ。ますます値段は上がるというカラクリです」

嘘《うそ》ではなかった。獄中生活だからといって、聞こえてこないわけでもない。巷《ちまた》でも餓死者が出たほど、この冬のパリは困窮していた。クレールは溜《た》め息をつくしかなかった。

「わかった。三十五スーまでは出すわ。これからもリュクサンブール監獄で商売したいってんなら、それくらいは負けなさい」

廊下を引き返していくと、壁にもたれているような女がいた。その実は壁でなく、男性房と女性房を仕切る鉄格子の柵《さく》であり、その隙間《すきま》から差しこんで、向こうの恋しい相手と、互いの指を絡め合っているというわけだ。

クレールは心のなかで皮肉めいた。ふん、あいかわらず仲のよろしいことで。

獄中でも寄り添って離れないのは、ジャン・テオフィル・ルクレールとポリーヌ・レオンだった。籍を入れたのだから、あるいはルクレール夫妻というべきなのかもしれなかったが、いずれにせよ、新婚につける薬というようなものはない。

ところが、二人はこちらに気づくと、素早く指を解《ほど》いて、さっと離れた。その男とはクレール・ラコンブもつきあったことがある。そして女のほうは、ともに共和主義女性市民の会を立ち上げた同志なのである。

「やめてよ、もう気にしてなんかいないんだから」

そういって、クレールは自分から歩みよった。いや、昔のことなんか、本当に気にしてないから。ぜんぜん平気なんだから、そういう態度とられちゃうと、はっきりいって、かえってムカつくんだ。

「自分の意志でやったことだし。女にも人権あるから、責任だって自分で取れるし」

そうやって頭でっかちな理屈で返してしまうほど、ますます自分が惨《みじ》めになるから、なんとも女は厄介である。正直いえば、今もポリーヌには腹が立つ。こんなにされておきながら、ルクレールに気持ちが残っていないといえば、それもまた嘘になる。

「だから、ああ、そうだ、ジャン・テオフィル。いくらかパンを融通してほしいんだけど」

「パンだって。パンなんか、なかなか手に入らないぞ」

「配給される分があるでしょ。男なんだから、食べずに我慢しなさいよ」

「我慢するって……。配給だって、前の三分の一に減らされて……」

「だから、お乳が出ない母親がいるの。赤ん坊が生きるためには、食べさせなきゃいけないの。それとも、なに。男がパンを食べたら、お乳が出るとでもいうの」

強引に約束させると、またクレールは歩き出した。気が晴れたわけではないが、無理にも気が晴れたことにして、ずんずん前に進んでいく。それにしてもと思うのは、よりによってルクレール夫妻だけが、どうしていつまでも同獄にいるんだろうと。

監獄は出入りが激しかった。リュクサンブール監獄に移されてきた当初は、どんどん新顔が入ってきたが、そのそばからコンシェルジュリに移された。つまりは草月《プレリアール》法の施行もあって、大量の囚人が革命裁判所に送られ、その日のうちに処刑されるという、恐怖政治《テルール》の日常が繰り返された。

しかし、ロベスピエールの一党は、熱月《テルミドール》九日あるいは七月二十七日のクー・デタで失脚した。明日は自分の番かと震えていたジロンド派やダントン派が釈放され、その穴を埋めるように、今度はパリ自治委員会やロベスピエール派の街区《セクシオン》有力者が収監された。

ロベスピエール派の粛清といえば、ロベスピエールはじめ二十二人が処刑された熱月十日あるいは七月二十八日に続いて、熱月十一日あるいは七月二十九日には七十三人が、熱月十二日あるいは七月三十日には十二人が、少し遅れて熱月十八日あるいは八月五日には革命裁判所副所長コフィナルが、それぞれ断頭台に送られた。

ほんの数日のうちに百人を超える大量処刑となったわけで、血に辟易《へきえき》していたパリでは、これでは恐怖政治と同じだと、さすがに非難の声が上げられた。ロベスピエール派の逮捕は続いているが、それからの処刑は半年で五十人ほどと、前より慎重に下されている。

「だから、必ず殺されるってわけじゃないよ」

だから、もう少し元気出そうよ。寒さ凌《しの》ぎの藁《わら》に一緒に座りながら、クレールが励ましの声をかけたのは、二人ながら暗い顔の姉妹だった。

42――春

看守に様子をみてこいと頼まれた、それがエレオノールとエリザベートのデュプレイ姉妹だった。

妹のほうはエリザベート・ルバというべきか。様子をみなければならないのも、二人でなく三人か。熱月《テルミドール》九日あるいは七月二十七日のクー・デタで死んだ国民公会《コンヴァンシオン》議員フィリップ・フランソワ・ルバの未亡人は、フィリップと名づけられた遺児を抱えながらの入獄だった。

姉のほうは未婚だが、こちらもエレオノール・デュプレイとは呼ばれなかった。専《もっぱ》らの通称というのが、「ロベスピエール未亡人」だった。

デュプレイ家とは、かの「清廉の士《アンコリュプティブル》」が暮らしていた下宿先のことである。娘のひとりと婚約したとかしなかったとか、それくらいの話はクレールも耳にしていないではなかった。が、ほんの噂話《うわさばなし》の程度だ。にもかかわらず、ロベスピエール派に連座するとみなされて、この若い女も逮捕、投獄されてしまったのだ。

当局の対応は措《お》くとして、ロベスピエール派ということなら、クレールにとっても敵である。その政権の下で激昂《アンラジエ》派が弾圧され、またコルドリエ派が圧殺されているからだ。ジャック・ルーは獄中で自殺に追いこまれ、エベールは泣きながら断頭台の犠牲となり、なによりクレール自身が逮捕の憂《う》き目をみせられた。共和主義女性市民の会を潰《つぶ》す気だったのだ。あれだけ理想を論じたロベスピエールにして、女にも人権を認める頭となると皆無だったのだ。

そういう男に連なる女となれば、懇《ねんご》ろに面倒をみてやるどころか、逆にいじめて然《しか》るべき相手なわけだが、どういうわけだかクレールは、ひどいことをする気にはなれなかった。

それどころか、不思議な仲間意識がある。ポリーヌなどより、ずっとある。それは、ともに後に残された人間であるという、ある種の共感だったかもしれない。

「ということは、やっぱり淋《さび》しいの」

クレールが切り出したのは、泣き疲れた赤子と一緒に、母親である妹のほうも転寝《うたたね》になったときだった。今は姉のエレオノールだけだからと、思い切って聞いてみたのだ。ええ、ロベスピエールさんがいなくなって、やっぱり……。

「世の中が悪くなったとは思います」

と、エレオノールは答えた。毅然《きぜん》とした態度でいいきられたが、考えていたような答えではなかった。さすがのクレールも言葉に窮した。

「そ、そう。うん、まあ、確かに良くはなっていないね」

「昨日も蜂起《ほうき》が起きたと聞きました」

芽月《ジェルミナール》十二日あるいは四月一日、パリで蜂起が起きたことは事実だった。逮捕された愛国者の釈放と憲法の施行、そしてパンを求めて、サン・キュロットの群れは国民公会の審議の場に乗りこんだのだ。

ところが、世に「伊達男《ミュスカダン》」と呼ばれる奇抜な身なりの若者たち、恐怖政治《テルール》が終わると同時に現れて、「ジャコバン狩り」を始めたことで知られる乱暴者、王党派とも定評ある一団に撃退されて、蜂起はあえなく失敗に終わってしまった。

「『伊達男』なんていっても、要は金持ちのドラ息子たちのことだもんね。ひもじくて、ひもじくて、切羽つまって蜂起して、それなのに苦労知らずで力が余ってるようなボンボンに棍棒《こんぼう》で殴られて、逮捕された者までいたっていうから、ううん、確かにやりきれない話だね」

「やっぱりロベスピエールさんは正しかったんだと思います」

「そうか」

受けたものの、クレールとしては素直にも容《い》れられなかった。ううん、なんていうか、私は全肯定もできないけど、でも、うん、あんたの気持ちは、うん、わかるよ。

「どんな気持ち、ですか」

「好きだったんでしょ、ロベスピエールさんのこと」

「皆さん、そういわせたいみたいですけれど、好きとかではありません」

「だったら、なに」

「尊敬していました」

「そうか、尊敬か。私もジャック・ルーのことは尊敬してた。エベールのことは、ううん、あれも尊敬というのかな、とにかく凄《すご》いとは思ってた。うん、うん、尊敬も悪くはないよ。女が男にあげられる二番目の感情だからね」

「二番目？」

そう聞き返して、エレオノールは責めるような目つきだった。少なくとも不服げだ。気づいていながら、素知らぬふりでクレールは続けた。そう、二番目の感情よ。

「いうまでもないでしょう。一番は好きだって感情だもの」

「そうでしょうか」

「違う？　ロベスピエールさんのことは好きじゃなかったんでしょう」

「好きになんかなれませんよ」

なれるはずがありません。そう答えられて、またもクレールには意外だった。好きだったと、今度こそ白状すると思っていた。ロベスピエールが好きだったと。それを好きになんかなれないとは、全体どういうことなのか。あの「清廉の士」には、なにか重大な秘密でもあったというのか。

「どうして、好きになれないの」

「神さまみたいな人でしたから」

と、エレオノールは答えた。でなかったら、聖人さまでです。とにかく、普通の人じゃないんです。だから、好きになんかなれないんです。畏れ多いことなんです。尊敬するしかないんです。

そう返されて、クレールはドキとさせられた。ああ、おまえに落度なんかない。

「悪いのは俺《おれ》なんだ。少なくとも、おまえに相応《ふさわ》しくなんかない」

ジャン・テオフィル・ルクレールは、そうやって別れを告げた。ううん、男も女も立派にみえると、やっぱ近づきがたいのかなあ。こっちとしては、無理して、無理して、なんとか形にしていただけなんだけどなあ。

「だから、悔しい……」

そう続けたのは、エレオノールのほうだった。聞き違いではない。掌《てのひら》で口を覆い、嗚咽《おえつ》を憚《はばか》りながら、その「ロベスピエール未亡人」と呼ばれる女は泣いてさえいた。

クレールは思う。それは、そうだ。逃げ腰になるのは男だけだ。女はそんなに弱くない。わかりながら、あえて聞いた。

「どうして、悔しいの」

「わかりません。でも、ロベスピエールさんは可哀相《かわいそう》な気もして……。とても辛《つら》そうでしたから……」

「守ってあげたかった？」

「そう思うときもありました」

「それでも神さまだから、手を出せなかった？」

「はい」

「だから、悔しいと。そうだね、それは凄く悔しいね」

「…………」

「やっぱり好きだったんじゃない、ロベスピエールさんのこと」

そう水を向けると、今度はエレオノールも、こくんと素直に頷《うなず》いた。とうとう嗚咽を漏らしながら、小さな肩を震わせる相手に腕を回し、クレールは優しく抱きよせた。

「好きっていえばよかったのに」

「いえません」

「勇気が出ない？　でも、いえばロベスピエールさんだって、普通の男になってくれたかもしれないよ」

「でも、いえません。女の口から、そんな……」

「いえるよ。女がいったっていいんだよ」

だって、女も人間なんだよ。きちんと人権があるんだよ。自分の意志を持っていいし、なにをするのも自由なんだよ。なんて押しつけたら、また頭でっかちな嫌われ女に逆戻りかな。そう心で自分を冷やかしてから、クレールは改めた。

「というより、女からいえる時代も来るよ」

「そうでしょうか」

「うん、きっと来る。それまで女は生きようよ」

革命なんて乗り越えてさ。いいながら、クレールは二度、三度とエレオノールの肩を叩《たた》いた。うん、うん、そうだよ。私たちが元気に生きていくことが、男たちの死を無駄にしないってことなんだよ。

さすがは元宮殿で、リュクサンブール監獄には朗らかな風があった。漆喰《しっくい》の白塗りが上等で、クレーム色の大理石が艶々《つやつや》して、設《しつら》えの燭台《しょくだい》が金色に輝いて。庭園も広々としているので、なかんずく陽当《ひあ》たりがいい。不細工な鉄格子を嵌《は》められても、大きく作られた窓は変わらず明るいのだ。

みやれば、そこに満ちる陽ざしは大分暖かそうだった。ああ、光が踊っている。ああ、もうじき春なのだ。厳しい冬だったからこそ、やってくる。いつか必ず春は来る。


〈完〉

主要参考文献

・J・ミシュレ『フランス革命史』（上下）桑原武夫／多田道太郎／樋口謹一訳　中公文庫　2006年
・R・ダーントン『革命前夜の地下出版』関根素子／二宮宏之訳　岩波書店　2000年
・R・シャルチエ『フランス革命の文化的起源』松浦義弘訳　岩波書店　1999年
・G・ルフェーヴル『1789年―フランス革命序論』高橋幸八郎／柴田三千雄／遅塚忠躬訳　岩波文庫　1998年
・G・ルフェーブル『フランス革命と農民』柴田三千雄訳　未来社　1956年
・S・シャーマ『フランス革命の主役たち』（上中下）栩木泰訳　中央公論社　1994年
・F・ブリュシュ／S・リアル／J・テュラール『フランス革命史』國府田武訳　白水社文庫クセジュ　1992年
・B・ディディエ『フランス革命の文学』小西嘉幸訳　白水社文庫クセジュ　1991年
・R・セディヨ『フランス革命の代償』山崎耕一訳　草思社　1991年
・E・バーク『フランス革命の省察』半澤孝麿訳　みすず書房　1989年
・J・スタロバンスキー『フランス革命と芸術』井上堯裕訳　法政大学出版局　1989年
・G・セレブリャコワ『フランス革命期の女たち』（上下）西本昭治訳　岩波新書　1973年

・スタール夫人『フランス革命文明論』(第1巻〜第3巻) 井伊玄太郎訳 雄松堂出版 1993年
・A・ソブール『フランス革命と民衆』井上幸治監訳 新評論 1983年
・A・ソブール『フランス革命』(上下) 小場瀬卓三/渡辺淳訳 岩波新書 1953年
・G・リューデ『フランス革命と群衆』前川貞次郎/野口名隆/服部春彦訳 ミネルヴァ書房 1963年
・A・マチエ『フランス大革命』(上中下) ねづまさし/市原豊太訳 岩波文庫 1958〜1959年
・J・M・トムソン『ロベスピエールとフランス革命』樋口謹一訳 岩波新書 1955年
・遅塚忠躬『フランス革命を生きた「テロリスト」』NHK出版 2011年
・遅塚忠躬『ロベスピエールとドリヴィエ』東京大学出版会 1986年
・新人物往来社編『王妃マリー・アントワネット』新人物往来社 2010年
・安達正勝『フランス革命の志士たち』筑摩選書 2012年
・安達正勝『物語 フランス革命』中公新書 2008年
・野々垣友枝『1789年 フランス革命論』大学教育出版 2001年
・河野健二『フランス革命の思想と行動』岩波書店 1995年
・河野健二/樋口謹一『世界の歴史15 フランス革命』河出文庫 1989年
・河野健二『フランス革命二〇〇年』朝日選書 1987年
・河野健二『フランス革命小史』岩波新書 1959年

・柴田三千雄『フランス革命』岩波書店　１９８９年
・柴田三千雄『パリのフランス革命』東京大学出版会　１９８８年
・芝生瑞和『図説　フランス革命』河出書房新社　１９８９年
・多木浩二『絵で見るフランス革命』岩波新書　１９８９年
・川島ルミ子『フランス革命秘話』大修館書店　１９８９年
・田村秀夫『フランス革命』中央大学出版部　１９７６年
・前川貞次郎『フランス革命史研究』創文社　１９５６年

◇

・Artarit, J., *Robespierre*, Paris, 2009.
・Attar, F., *Aux armes, citoyens!: Naissance et fonctions du bellicisme révolutionnaire*, Paris, 2010.
・Bessand-Massenet, P., *Femmes sous la Révolution*, Paris, 2005.
・Bessand-Massenet, P., *Robespierre: L'homme et l'idée*, Paris, 2001.
・Biard, M., *Parlez-vous sans-culotte?: Dictionnaire du "Père Duchesne", 1790–1794*, Paris, 2009.
・Bonn, G., *La Révolution française et Camille Desmoulins*, Paris, 2010.
・Carrot, G., *La garde nationale, 1789–1871*, Paris, 2001.
・Claretie, J., *Camille Desmoulins, Lucile Desmoulins*, Paris, 1875.
・Cubells, M., *La Révolution française: La guerre et la frontière*, Paris, 2000.
・Dingli, L., *Robespierre*, Paris, 2004.
・Dupuy, R., *La garde nationale*, 1789–1872, Paris, 2010.

- Dupuy, R., *La République jacobine: Terreur, guerre et gouvernement révolutionnaire, 1792–1794*, Paris, 2005.
- Fayard, J. F., *Les 100 jours de Robespierre, Les complots de la fin*, Paris, 2005.
- Gallo, M., *L'homme Robespierre: Histoire d'une solitude*, Paris, 1994.
- Gallo, M., *Révolution française: Aux armes, citoyens! 1793–1799*, Paris, 2009.
- Hardman, J., *The French revolution sourcebook*, London, 1999.
- Haydon, C., and Doyle, W., *Robespierre*, Cambridge, 1999.
- Martin, J.C., *La Vendée et la Révolution: Accepter la mémoire pour écrire l'histoire*, Paris, 2007.
- Mason, L., *Singing the French revolution: Popular culture and politics, 1787–1799*, London, 1996.
- Mathan, A. de, *Girondins jusqu'au tombeau: Une révolte bordelaise dans la Révolution*, Bordeaux, 2004.
- Mathiez, A., *Le club des Cordeliers pendant la crise de Varennes, et le massacre du Champ de Mars*, Paris, 1910.
- McPhee, P., *Living the French revolution, 1789–99*, New York, 2006.
- McPhee, P., *Robespierre: A revolutionary life*, New Haven, 2012.
- Monnier, R., *À Paris sous la Révolution*, Paris, 2008.
- Palmer, R.R., *Twelve who ruled: The year of the terror in the French revolution*, Princeton, 2005.

- Popkin, J.D., *La presse de la Révolution: Journaux et journalistes, 1789–1799*, Paris, 2011.
- Robespierre, M.de, *Œuvres de Maximilien Robespierre, T.1–T.10*, Paris, 2000.
- Robinet, J.F., *Danton homme d'État*, Paris, 1889.
- Saint-Just, *Œuvres complètes*, Paris, 2003.
- Schmidt, J., *Robespierre*, Paris, 2011.
- Scurr, R., *Fatal purity: Robespierre and the French revolution*, New York, 2006.
- Soboul, A., *La Ire République (1792–1804)*, Paris, 1968.
- Vinot, B., *Saint-Just*, Paris, 1985.
- Vovelle, M., *Combats pour la révolution française*, Paris, 2001.
- Vovelle, M., *Les Jacobins, De Robespierre à Chevènement*, Paris, 1999.
- Walter, G.édit., *Actes du tribunal révolutionnaire*, Paris, 1968.

解説

中条省平

集英社文庫版『小説フランス革命』もついに最終巻を迎えました。

たった一人でも歴史小説の堂々たる主役を張れる人間的魅力いっぱいの登場人物たちが、まるで『仁義なき戦い』のアウトローたちのように、次々と死んでいきました。ミラボー（享年42、病死）、ルイ16世（享年38、ギロチンによる刑死）、マラ（享年50、ナイフによる刺殺）、マリー・アントワネット（享年37、ギロチンによる刑死）、デムーラン（享年34、ギロチンによる刑死）、ダントン（享年34、ギロチンによる刑死）。

舞台に残ったのは、いま挙げた人物に比べれば小物というほかない政治家や軍人たちと、無数の民衆。……そして、ロベスピエールとサン・ジュストです。

本巻は『革命の終焉』と題されていますが、副題として「ロベスピエールとサン・ジュスト」と呼ぶことができるほど、このふたりの男の運命がここでは他と隔絶した重みをもっています。フランス革命という歴史的出来事の評価はとりあえず措《お》くとしても、〈フランス革命〉の理念は、このふたりの英雄の思索と行動のなかに結晶していました。

だからこそ、彼らの死を語るこの第18巻が「革命の終焉」と題されているのでしょう。

佐藤賢一の『小説フランス革命』は、フランス革命の展開を興味津々の物語として描きあげる大河ロマンではありますが、その底にはつねに、〈フランス革命〉とは何かという歴史哲学的な問いがあります。

その問いが、この上なく明確なかたちで表れたのは、第6巻『シスマの危機』においてでした。場面は本書全体のクライマックスのひとつ、ミラボーが死に向かう病床で、登場人物はミラボーと、ほかならぬロベスピエールでした。

人民主権という革命の理想を説くロベスピエールに対して、理想を説く者はしばしば独裁者になる危険をはらむ、とミラボーは警告し、こういいます。

「『己が欲を持ち、持つことを自覚して恥じるからこそ、他人にも寛容になれるのだ。独裁というような冷酷な真似ができるのは、反対に自分に欲がないからだ。世のため、人のためだからこそ、躊躇《ちゅうちょ》なく人を殺せる（中略）』

『しかし、私（ロベスピエール）は自分にこそ常に厳しく接していたい。いや、それは私だけの話であってもならないはずです。なんとなれば、もう皆が立派な市民なのです。人権を与えられた自律的な存在であるからには、これからの世ではフランスの万民が常に自分に厳しく接し、また全ての振る舞いに責任を持つべきなのです』

『それは無理だ』

『どうして』

『人間は君が思うより、ずっと弱くて醜い生き物だからだよ（中略）とことん純粋な民主主義をやれるほど、強い生き物でもない』」

人間の理性を信じるロベスピエールの理想主義に対して、人間性悪説に居直るようなミラボーの現実主義が、どれほど遠い射程をもってこの革命の行く末を見通していたか、すでにフランス革命の帰結を知る私たちにはよく分かります。

ロベスピエールもおりに触れミラボーの遺言というべきその言葉を思いかえすのですが、若く理想に燃える彼は、革命の理念をしだいに尖鋭化《せんえいか》させていきます。

そして、飢えに苦しむ民衆がエタンプの市長を殺害した事件の報告に接したとき、彼は革命をさらなる段階にひき上げる決意を固めます。

「政治だけの民主化を進めても、万人が幸福になれるわけではない。たとえ機会が平等でも、結果のほうが人道に反するくらい不平等なら、それは民主主義の名に値しない。

――人間には社会の民主主義も必要なのだ」（第10巻『ジロンド派の興亡』）

政治革命から社会革命へ。かくして、ロベスピエールの敵は、古い政治制度から、金のためならどんな非道も辞さない資本主義的ブルジョワ支配へと移行していきます。

しかし、その前に、旧制度の代表である、神から絶対権力を与えられたと称する国王の始末をつけなければなりません。ここで颯爽《さっそう》と舞台に上るのが、サン・ジュスト。女性的な美貌でありながら、冷酷な決断をいささかも恐れず、「恐怖の大天使」と異名をとった弱冠25歳の青年です。

王を裁くことは王の犯した悪事を裁くことではない。王という存在そのものが、理性に対する、人民に対する犯罪なのだ。そう語ったサン・ジュストはこう結論します。「なべて王とは反逆者であり、簒奪者《さんだつしゃ》なのです」（第12巻『共和政の樹立』）

こうしてルイ16世の処刑実施に決定的な役割を果たした、切れ味鋭いナイフのような論客はまた、軍事の天才でもありました。フランドル地方を支配し、フランスに迫りつつあったオーストリア軍をフルーリュスの戦いで見事にうち破り、フランス北部に安定をもたらしたのです。このフルーリュスの輝かしい勝利の直後から、本巻『革命の終焉』は始まります。

いまや〈フランス革命〉のもっとも純粋な理念を体現するのは、指導者ロベスピエールよりも、ロベスピエールに忠誠を誓って弟のように付きしたがうサン・ジュストのほうになっています。

革命の理想をめざしたにもかかわらず、粛清に次ぐ粛清のせいで、恐怖政治による政権維持が目的化しつつある現状をロベスピエールは憂えています。そのため、理性という最高存在を神に代わって信仰するという疑似宗教的な考えにもすがる始末です。

いっぽう、サン・ジュストが信じる理性はもっと苛烈なものです。その理性は、人民の全体的な意向さえも超える、普遍的、絶対的な一般意志なのです。

「サン＝ジュストは、断頭台が徳のためにはたらくのだから、一般意志のためにはたらいているのだ、とどこまでも主張する。『われわれのやる革命は、悪人たちを裁判にかけるのではなくて、彼らに雷撃を喰《くら》わせるのである』。善がとどろき、無垢が稲妻と光り、稲妻は正義をもたらす」（『反抗的人間』より、佐藤朔・白井浩司訳）

これはカミュが記すサン・ジュストの、まるで鬼神のようなポートレイトですが、『小説フランス革命』が描きだすサン・ジュストはもっと繊細で、はるかに人間的魅力に富んでいます。理想を誰よりも深く究めようとするがゆえに、限りない孤独に落ちていこうとするこの青年の姿を、ロベスピエールのまなざしを通して、佐藤賢一はこう描いています。

「この若者こそロベスピエールにしてみれば、あるべきフランス人民の象徴、あるいはフランスそのものだったのかもしれない。

――美しきフランス……。

長い睫《まつげ》に涙の玉が絡んでいた。サン・ジュストは、まさしく女のような美貌の持ち主だった。ああ、美しい。それは透明な美しさだ。どこもかしこも冴《さ》えて、微塵《みじん》の濁りも感じさせない」

この深い感慨がどのような経緯で語られるようになるのか？　読者の楽しみを奪わな

いために、これ以上の説明は控えるほかありませんが、小説のみが可能にするこの部分の展開は、『小説フランス革命』全18巻を通じて、五指に数えられるロマネスクな昂揚《こうよう》感《かん》を味わわせてくれます。よくぞ書いた！　と作者にエールを送りたい気分です。大島渚の映画『戦場のメリークリスマス』の有名なシーンに匹敵する名場面といえるでしょう。

　サン・ジュストの思いは、フランス革命の現実を守る大きな政治家であるより、〈フランス革命〉の理念を追い求める美しい革命家でありたい、というものでした。その希求が、サン・ジュストとロベスピエールを結びつける魂の紐帯《ちゅうたい》でした。しかし、革命の現場は刻一刻と、理念よりも現実に呪縛され、社会革命よりも金銭的充足を求める勢力に押されて、ふたりが唾棄する党派争いに呑《の》みこまれていきます。

　そうして、運命のテルミドール九日の議会が幕を開きます。

「サン＝ジュストの手になる演説はおそらくロベスピエールとしめしあわせたものだが、じつに巧妙なものであった。もし彼の朗読が二十行だけでも先へ進んでおれば、巧みに好奇心がよびさまされ、人々は続きを聞きたくなったことだろう。国民公会はなだめられ、彼らのくびきをふたたびうけいれたであろう」（『フランス革命史』より、桑原武夫・多田道太郎・樋口謹一訳、傍点引用者）

「もし〜であったら」……。フランス革命の進展のなかではそれこそ無数の if がありえますが、偉大な歴史家ミシュレでも、このミの誘惑には逆らえなかったものと見えます。

たしかに謎なのです。深い相互の共感に支えられ、「精神的な蜂起、道徳的な暴動」という力強い理想をめざし、しかも鉄の意志を維持してきたロベスピエールとサン・ジュストが、なぜ、タリアンのような雑魚《ざこ》にあっさりと演説を中断されてしまい、ドタバタ喜劇のような空騒ぎに巻きこまれ、逮捕されるに至ったのか？

それは、騒動の渦中では、ロベスピエール自身にも分からなかったのかもしれません。テルミドール九日の反動事件ののち、佐藤賢一は、敗者ロベスピエールの内面に密着して、この謎を追っていきます。

その結果、見えてくるのは、かつて病床のミラボーが語った人間の本性の醜さという真実です。ロベスピエールは自分が革命の理想を追求するあまり、人民という架空の存在を美化してしまったことの誤りを悟ります。と同時に、演説を遮られながら何の抵抗も見せなかったサン・ジュストの絶望の深さに思いを致すのです。そして、サン・ジュストの美しさにふたたび魅了されたのち、泣きながら死んでいきます。ロベスピエールの絶望が革命の理念の帰結なのでしょうか？

いや、そうではなく、巨大な革命さえも、終わりなき歴史のひとコマにすぎないのかもしれません。巧妙な小説作者である佐藤賢一は、ロベスピエールの死ののちに、ある女囚をめぐる、ごく短い、しかし印象的な後日談を記して、全編の終わりとします。そこで描かれるのは、革命さえも乗りこえて生きていく女たちの姿です。時あたかも芽月《ジェルミナール》。世界は、ものみな復活する芽生えの春に向かっていました。

（ちゅうじょう・しょうへい　フランス文学者）

小説フランス革命 1～18巻 関連年表

（■の部分が本巻に該当）

1

1774年5月10日	ルイ16世即位
1775年4月19日	アメリカ独立戦争開始
1777年6月29日	ネッケルが財務長官に就任
1778年2月6日	フランスとアメリカが同盟締結
1781年2月19日	ネッケルが財務長官を解任される
1787年8月14日	国王政府がパリ高等法院をトロワに追放
	――王家と貴族が税制をめぐり対立――
1788年7月21日	ドーフィネ州三部会開催
8月8日	国王政府が全国三部会の召集を布告
8月16日	「国家の破産」が宣言される
8月26日	ネッケルが財務長官に復職
	――この年フランス全土で大凶作――
1789年1月	シェイエスが『第三身分とは何か』を出版

3月23日	マルセイユで暴動
3月25日	エクス・アン・プロヴァンスで暴動
4月27～28日	パリで工場経営者宅が民衆に襲われる（レヴェイヨン事件）
5月5日	ヴェルサイユで全国三部会が開幕
同日	ミラボーが『全国三部会新聞』発刊
6月4日	王太子ルイ・フランソワ死去
6月17日	第三身分代表議員が国民議会の設立を宣言
1789年6月19日	ミラボーの父死去
6月20日	球戯場の誓い。国民議会は憲法が制定されるまで解散しないと宣誓
6月23日	王が議会に親臨、国民議会に解散を命じる
6月27日	王が譲歩、第一・第二身分代表議員に国民議会への合流を勧告
7月7日	国民議会が憲法制定国民議会へと名称を変更 ――王が議会へ軍隊を差し向ける――
7月11日	ネッケルが財務長官を罷免される
7月12日	デムーランの演説を契機にパリの民衆が蜂起

1789年7月14日　パリ市民によりバスティーユ要塞陥落
　　　　　　　――地方都市に反乱が広まる――
7月15日　バイイがパリ市長に、ラ・ファイエットが国民衛兵隊司令官に就任
7月16日　ネッケルがみたび財務長官に就任
7月17日　ルイ16世がパリを訪問、革命と和解
7月28日　ブリソが『フランスの愛国者』紙を発刊
8月4日　議会で封建制の廃止が決議される
8月26日　議会で「人間と市民の権利に関する宣言」（人権宣言）が採択される
9月16日　マラが『人民の友』紙を発刊
10月5～6日　パリの女たちによるヴェルサイユ行進。国王一家もパリに移動
1789年10月9日　ギヨタンが議会で断頭台の採用を提案
10月10日　タレイランが議会で教会財産の国有化を訴える
10月19日　憲法制定国民議会がパリに移動
10月29日　新しい選挙法・マルク銀貨法案が議会で可決
11月2日　教会財産の国有化が可決される

3

4

11月頭　ブルトン・クラブが憲法友の会と改称し、集会場をパリのジャコバン僧院に置く（ジャコバン・クラブの発足）
11月28日　デムーランが『フランスとブラバンの革命』紙を発刊
12月19日　アッシニャ（当初国債、のちに紙幣としても流通）発売開始
1790年1月15日　全国で83の県の設置が決まる
3月31日　ロベスピエールがジャコバン・クラブの代表に
4月27日　コルドリエ僧院に人権友の会が設立される
（コルドリエ・クラブの発足）
1790年5月12日　パレ・ロワイヤルで1789年クラブが発足
5月22日　宣戦講和の権限が国王と議会で分有されることが決議される
6月19日　世襲貴族の廃止が議会で決まる
7月12日　聖職者の俸給制などを盛り込んだ聖職者民事基本法が成立
7月14日　パリで第一回全国連盟祭
8月5日　駐屯地ナンシーで兵士の暴動（ナンシー事件）
9月4日　ネッケル辞職

5

6

1790年9月初旬	エベールが『デュシェーヌ親爺』紙を発行
1790年11月30日	ミラボーがジャコバン・クラブの代表に
12月27日	司祭グレゴワール師が聖職者民事基本法に最初に宣誓
12月29日	デムーランとリュシルが結婚
1791年1月	宣誓聖職者と宣誓拒否聖職者が議会で対立、シスマ（教会大分裂）の引き金に
1月29日	ミラボーが第44代憲法制定国民議会議長に
2月19日	内親王二人がローマへ出立。これを契機に亡命禁止法の議論が活性化
4月2日	ミラボー死去。後日、国葬でパンテオンに偉人として埋葬される

7

1791年6月20～21日	国王一家がパリを脱出、ヴァレンヌで捕らえられる（ヴァレンヌ事件）

1791年	6月21日	一部議員が国王逃亡を誘拐にすりかえて発表、廃位を阻止
	7月14日	パリで第二回全国連盟祭
	7月16日	ジャコバン・クラブ分裂、フイヤン・クラブ発足
	7月17日	シャン・ドゥ・マルスの虐殺
1791年	8月27日	ピルニッツ宣言。オーストリアとプロイセンがフランスの革命に軍事介入する可能性を示す
	9月3日	91年憲法が議会で採択
	9月14日	ルイ16世が憲法に宣誓、憲法制定が確定
	9月30日	ロベスピエールら現職全員が議員資格を失う
	10月1日	新しい議員たちによる立法議会が開幕
		――秋から天候が崩れ大凶作に――
	11月9日	亡命貴族の断罪と財産没収が法案化
	11月16日	ペティオンがラ・ファイエットを選挙で破りパリ市長に
	11月25日	宣誓拒否僧監視委員会が発足

8　9

1791年11月28日　ロベスピエールが再びジャコバン・クラブの代表に
12月3日　亡命中の王弟プロヴァンス伯とアルトワ伯が帰国拒否声明
——王、議会ともに主戦論に傾く——
12月18日　ロベスピエールがジャコバン・クラブで反戦演説

1792年1月24日　立法議会が全国5万人規模の徴兵を決定
3月3日　エタンプで物価高騰の抑制を求めて庶民が市長を殺害（エタンプ事件）
3月23日　ロランが内務大臣に任命され、ジロンド派内閣成立
3月25日　フランスがオーストリアに最後通牒を出す
4月20日　オーストリアに宣戦布告
——フランス軍、緒戦に敗退——
6月13日　ジロンド派の閣僚が解任される
6月20日　パリの民衆がテュイルリ宮へ押しかけ国王に抗議、しかし蜂起は不発に終わる

10

	1792年7月6日	デムーランに長男誕生
	7月11日	議会が「祖国は危機にあり」と宣言
11	7月25日	ブラウンシュヴァイク宣言。オーストリア・プロイセン両国がフランス王家の解放を求める
	8月10日	パリの民衆が蜂起しテュイルリ宮で戦闘。王権停止（8月10日の蜂起）
	8月11日	臨時執行評議会成立。ダントンが法務大臣、デムーランが国璽尚書に
	8月13日	国王一家がタンプル塔へ幽閉される
	1792年9月2～6日	パリ各地の監獄で反革命容疑者を民衆が虐殺（九月虐殺）
12	9月20日	ヴァルミィの戦いでデュムーリエ将軍率いるフランス軍がプロイセン軍に勝利
	9月21日	国民公会開幕、ペティオンが初代議長に。王政廃止を決議
	9月22日	共和政の樹立（フランス共和国第1年1月1日）
	11月6日	ジェマップの戦いでフランス軍がオーストリア軍に勝利、約ひと月でベルギー全域を制圧

1792年11月13日　国民公会で国王裁判を求めるサン・ジュストの名演説
11月27日　フランスがサヴォワを併合
12月11日　ルイ16世の裁判が始まる
1793年1月20日　ルイ16世の死刑が確定
1月21日　ルイ16世がギロチンで処刑される
1793年1月31日　フランスがニースを併合
　――急激な物価高騰――
2月1日　国民公会がイギリスとオランダに宣戦布告
2月14日　フランスがモナコを併合
2月24日　国民公会がフランス全土からの30万徴兵を決議
2月25日　パリで食糧暴動
3月10日　革命裁判所の設立。同日、ヴァンデの反乱。これをきっかけに、
　フランス西部が内乱状態に
4月6日　公安委員会の発足
4月9日　派遣委員制度の発足

13

1793年5月21日	十二人委員会の発足
5月31日～6月2日	アンリオ率いる国民衛兵と民衆が国民公会を包囲、ジロンド派の追放と、ジャコバン派の独裁が始まる
6月3日	亡命貴族の土地売却に関する法律が国民公会で決議される
6月24日	共和国憲法（93年憲法）の成立

14

1793年7月13日	マラが暗殺される
7月27日	ロベスピエールが公安委員会に加入
8月23日	国民総動員令による国民皆兵制が始まる
8月27日	トゥーロンの王党派が蜂起、イギリスに港を開く
9月5日	パリの民衆がふたたび蜂起、国民公会で恐怖政治（テルール）の設置が決議される
9月17日	嫌疑者法の成立
9月29日	一般最高価格法の成立

15

1793年

10月5日　革命暦（共和暦）が採用される（フランス共和国第2年1月19日）

10月16日　マリー・アントワネットが処刑される

10月31日　ブリソらジロンド派が処刑される

11月8日　ロラン夫人が処刑される

11月10日　パリで理性の祭典。脱キリスト教運動が急速に進む

12月19日　ナポレオンらの活躍によりトゥーロン奪還、

この頃ヴァンデの反乱軍も次々に鎮圧される

1794年

——食糧不足がいっそう深刻に——

3月3日　反革命者の財産を没収し貧者救済にあてる風月法が成立

3月5日　エベールを中心としたコルドリエ派が蜂起、失敗に終わる

3月24日　エベール派が処刑される

16

1794年4月1日　執行評議会と大臣職の廃止、警察局の創設

——公安委員会への権力集中が始まる——

17

4月5日	ダントン、デムーランらダントン派が処刑される
4月13日	リュシルが処刑される
5月10日	ルイ16世の妹エリザベート王女が処刑される
5月23日	ロベスピエールの暗殺未遂（赤服事件）
6月4日	共通フランス語の統一、フランス各地の方言の廃止
6月8日	シャン・ドゥ・マルスで最高存在の祭典。ロベスピエールの絶頂期
6月10日	訴訟手続きの簡略化を図る草月法が成立。恐怖政治の加速
6月26日	フルーリュスの戦いでフランス軍がオーストリア軍を破る
1794年7月26日	ロベスピエールが国民公会で政治の浄化を訴えるが、議員ら猛反発
7月27日	国民公会がロベスピエールに逮捕の決議、パリ自治委員会が蜂起（テルミドール九日の反動）
7月28日	ロベスピエール、サン・ジュストら処刑される

18

初出誌　「小説すばる」二〇一二年九月号〜二〇一二年十二月号

二〇一三年六月に刊行された単行本『徳の政治　小説フランス革命Ⅺ』と、
二〇一三年九月に刊行された単行本『革命の終焉　小説フランス革命Ⅻ』
（共に集英社刊）の二冊を文庫化にあたり再編集し、三分冊しました。
本書はその三冊目にあたります。

集英社文庫

革命《かくめい》の終焉《しゅうえん》 小説《しょうせつ》フランス革命《かくめい》18

2015年 5 月25日 第 1 刷　　定価はカバーに表示してあります。

著　者　佐藤賢一《さとうけんいち》
発行者　加藤　潤
発行所　株式会社 集英社
東京都千代田区一ツ橋2-5-10　〒101-8050
電話　【編集部】03-3230-6095
【読者係】03-3230-6080
【販売部】03-3230-6393（書店専用）

印　刷　凸版印刷株式会社
製　本　凸版印刷株式会社

フォーマットデザイン　アリヤマデザインストア　　マークデザイン　居山浩二

ISBN978-4-08-745317-1 C0193